南方姑娘

在这善变的世界，
我想看一下
永远

胡毅萍 著

团结出版社

图书在版编目（CIP）数据

南方姑娘/胡毅萍著.—北京：团结出版社，2016.1
ISBN 978-7-5126-2415-3

Ⅰ.①南… Ⅱ.①胡… Ⅲ.①长篇小说—中国—当代
Ⅳ.①I247.5

中国版本图书馆CIP数据核字（2016）第009596号

出　　版：	团结出版社
	（北京市东城区东皇城根南街84号　邮编：100006）
电　　话：	（010）65228880　65244790（出版社）
	（010）65238766　85113874　65133603（发行部）
	（010）65133603（邮购）
网　　址：	http://www.tjpress.com
E-mail：	65244790@163.com（出版社）
	fx65133603@163.com（发行部邮购）
经　　销：	全国新华书店
印　　装：	北京盛兰兄弟印刷装订有限公司
开　　本：	880毫米×1230毫米　1/32
印　　张：	7.5
字　　数：	150千字
版　　次：	2016年3月　第1版
印　　次：	2016年3月　第1次印刷
书　　号：	978-7-5126-2415-3
定　　价：	32.80元

（版权所有，盗版必究）

自序

这个故事源于误解。有人说过每个人都是一座孤岛。那里荒芜、孤寂。一个人注定无法真正了解另一个人，自以为了解都是骄傲和自负。

我们总是轻易地下论断，你什么样，你应该怎么样，看起来聪明和坚毅。"我以为"就像是一个盲区，你没法意识到这里面有多少误会和偏见。

我们总是给别人贴上各种各样的标签，大老板，打工的，美女，有钱人等等，其实谁都有你没法了解的辛苦。最普遍的，看到有钱的姑娘开好车，多少人第一反应就是小三或者富二代，是不是很不公平？

我们就生活在这种误解中，却浑然不觉，大部分人被这种误解和偏见所左右着，影响着我们的决定甚至生活。

我听过一个故事，H小姐和很多容易被人误解的美女一样，长相甜美，身材挺拔，一双大长腿，被人说成多情、滥情，老和男人有不清不楚的关系，喜欢勾引男人，家境也不好，身上很少穿名牌，被人尤其女人讨厌、不喜欢。

但是很少有人知道她经常一个人加班到天亮，没事就基本窝在家里看书，她喜欢廉价的衣服不过是觉得没必要买名牌，她家境说得上富裕，尤其对男生没有提防之心，加上性格直爽大大咧咧，偶尔会开个重口味的玩笑，仅此而已。

那些说她滥情的男人，不过是把她的直爽当成了爱恋，把她对人的关心当成了爱意，自恋的男人因此而误解了。女人的嫉妒，得不到男人的酸葡萄心理，H姑娘就这样被人误解着。

以上故事纯属虚构，如有雷同，也是难免。

我身边喜欢的闺蜜们，都是聪明漂亮努力，勤俭持家，温柔善良，有的人却像H小姐一样，被人误解着。我说我写个故事吧，就是说的被误解的故事，让我在故事里解释解释，让大家少一点误解多一点谅解和包容。

我生活在南方小城，每天都发生着有趣的事，刚好我爱写字，就想把身边的一些听来的或者就发生在我身边故事，改头换面写成文字，修修改改竟然有了那么多字，只有我自己知道这里面的密码和暗示，很有意思。这些故事温暖过我，也感动过我，如果也能多感动一个人，让她在面对这个善变的世界，多一点坚持和淡定，我想我都能感应到，并心怀暖意。

人生本来那么苦了，就应该相互鼓励和支持。我想这本书就像一点微光，只要你愿意，它就会温暖你，或许是在某个你心灰意冷，百无聊赖的夜晚。

我的第一本书《你不慌，世界不荒》随意散乱，感谢还有读者喜欢，而这本《南方姑娘》我把她当成了另外一个世界，王小波老师说过，一个人只拥有此生此世是不够的，还应该拥有诗意的世界。

还有感谢一直支持我的亲人和朋友们，你们是我生活里最暖的阳光。

胡毅萍

2015年，12月，一个微寒的冬日

目 录
CONTENTS

008　第1部分　初见

　　1. 糟糕的第一印象　　　002
　　2. 一本正经地扯淡　　　008
　　3. 成长中的趣事囧事　　013
　　4. 闺蜜默默的秘密　　　018
　　5. 被误解的富二代　　　021
　　6. 活得像个笑话　　　　024

031　第2部分　感情

　　1. 意外的表白　　　　　032
　　2. 误会渐渐消除　　　　036
　　3. 年轻时，谁还没喜欢过人渣　040
　　4. 抛出橄榄枝　　　　　044
　　5. 想一个人才孤单　　　048
　　6. 心中那个她　　　　　051

〰〰〰）南方姑娘

057　第3部分 婚外恋

 1. 哪有感情的事劝得住　　058
 2. 迈出了这一步　　　　　061
 3. 坦然面对，顺其自然　　064
 4. 男人不易为　　　　　　068
 5. 痛并快乐着　　　　　　073
 6. 另一种男人　　　　　　078
 7. 知道自己不要什么　　　082

085　第4部分 事业

 1. 做自己喜欢做的事　　　086
 2. 美食背后的故事　　　　090
 3. 艰难的说服　　　　　　094
 4. 幸福来得太突然　　　　099
 5. 试水成功　　　　　　　102
 6. 默默的反对意见　　　　105
 7. 兆阳又惹事了　　　　　108
 8. 醉酒之后的夜晚　　　　112
 9. 坚持与妥协　　　　　　119

目录

123　第5部分　重逢

1. 忘不了　124
2. 张浩的故事　127
3. 久别重逢　133
4. 默默的情感顾问　138
5. 哪有人不受伤?　143
6. 前女友求救　153
7. 感情没有了　156
8. 和前女友约会　160
9. 后悔　164

167　第6部分　挣扎

1. 归来　168
2. 人都是脆弱的　172
3. 闹离婚　177
4. 原谅并非那么简单　183
5. 糟糕透顶的一天　187
6. 总要面对　191
7. 谁也不知道明天发生什么　194

南方姑娘

197　第7部分 选择

1. 再在一起　　　　　　198
2. 任何人啊，都值得抱一抱　203
3. 为了帮张浩　　　　　207
4. 利用　　　　　　　　210
5. 越爱越失望　　　　　214
6. 当一个人离开你　　　217
7. 一直陪着你　　　　　220
8. 张浩还是张浩　　　　223

228　结尾

第1部分 初见

1. 糟糕的第一印象

核桃第一次遇见张兆阳是在酒吧。

酒吧里音乐震耳欲聋，DJ 播放着流行的欧美电子音乐，灯光忽明忽暗，人影穿梭，大部分看起来都很快乐，小部分在忧郁。

酒吧的名字叫 Tree，核桃和默默，还有几个好朋友偶尔聚在一起喝酒聊天。张兆阳那天也出现在酒吧，属于另一帮朋友。这个城市不大，喜欢泡吧喝酒的几个朋友难免重合，就这样两个人相遇了。两帮朋友相互搭讪聚在了一起。

核桃第一眼就看到了张兆阳，他看起来二十出头，脸庞俊朗，留着长发，高个清瘦。花色的裤子，胸前标着阿玛尼 LoGo 的黑色 T 恤，本来雪白的手臂纹了一条鲤鱼，看起来非常扎眼。核桃打量兆阳这身打扮，第一直觉他不是什么好人，像一个玩世不恭的浪荡少年。

核桃今天是被默默拉来的，她不太喜欢这样的酒吧，觉得环境嘈杂，不过她喜欢这里放松和略带诡异的暧昧气氛，每个人过来像一次冒险，你可能遇见你喜欢的人,或许相反。就像这次眼前遇见了张兆阳,核桃一想到还要应付这个浪荡公子,心里有点不高兴。

核桃正打鼓,没想到兆阳还过来找她搭讪喝酒。

"我叫兆阳,你好。"

"哦,你好。"

"你是核桃对吧?"

"对,我叫核桃。"

"我觉得你很特别。"

"什么?"核桃轻蔑一笑,老套的搭讪。有一搭没一搭地接着兆阳的话,尽量不表现出厌恶。

核桃穿了身黑色的亚麻长裙,一头黑直长发,自然散着,衬托着她的皮肤更加白皙。这身文艺装扮和酒吧的环境格格不入,与这帮朋友总有一种疏离感。

核桃想找个借口离开,她想起来在一旁的好朋友默默。她倒是很高兴,有点人来疯,和围着她坐的几个帅哥美女开始一轮又一轮喝酒。

"我过去看一下我朋友。"核桃说了声抱歉,躲开身边一直在找话题的兆阳。她有点担心默默喝多了,过来帮默默解围,让她少喝点,准备把她拉出这个混乱的场子。

"别喝了,走吧,走吧!"核桃说着要伸出手去拉起坐在沙发里的默默。

默默身边一个男的忽然拉住核桃的胳膊。核桃抬头一看不认识他。这男的似乎有点喝多了,红着脸,看着核桃靠近,在酒精的作用下语速都有点慢:"美女,你这是干嘛?你不让默默喝,那你来喝!"

核桃哪里遇到过这种情况,反感就写在脸上,生气地瞪了醉酒男一眼。

"别闹,别闹。哥哥,别让我们喝了,女孩子喝醉了多不好。"默默试着推开了那个劝酒的男子,过来缓和气氛。默默认识醉酒男,她也还清醒,"要喝我和你喝,你拉核桃干嘛?"

"对,默默,你不还能喝的嘛。来,来,美女叫什么?一起来。"其他几个朋友开始起哄,并且还拿着酒,拉拉扯扯起来。

大家嘻嘻哈哈的,核桃也不好发火。本来想拉走默默,没想到一起陷入了困境。核桃心想一个兆阳就够讨厌了,结果躲开一个来了一帮"烂人"。

核桃最讨厌这么劝酒,也不能当场发作,只能忍着。思考着如何才能抽身。她好几次给默默眼色示意她赶紧找机会离开,默默耸一耸肩膀表示无奈,看起来意犹未尽,根本没有要撤走的意思。

"我和你喝,别为难她们俩了。"本来被核桃晾在一旁的兆阳插了进来,说话让人感觉有点横。

核桃有种不祥的预感。

醉酒男抬眼看了一眼兆阳,问边上的默默,"你们认识啊?"默默没回答,气氛忽然变得有点紧张。

醉酒男脸色有点难看,心想本来几个人在玩笑,忽然半路被兆阳呛声,当然是觉得很丢面子。强压着怒气,慢慢悠悠地说:"帅哥,什么意思?大家都是出来玩,你这算什么啊?过来英雄救美?那我们成什么了,流氓啊?"其他几个朋友跟着哄笑起来,本以为一笑了之,缓和气氛。

兆阳却不说话,面无表情,明显不想让步。兆阳的严肃反应让其他人的哄笑显得异常尴尬。

有人过来在醉酒男的耳边悄悄说了几句话。听不太清说的是什么,大概能猜出是说兆阳是谁,什么背景,醉酒男听完却轻蔑地笑了笑。

"嗨,有意思,你要喝酒,你以为你是谁啊,你想和谁喝就能和谁喝吗?"醉酒男开始发飙,质问兆阳。

"我是她们的朋友。"兆阳一副不管不顾的样子,也没有耐心再解释,说完拉起核桃准备离开。

核桃还想着也带着默默一起走,眼睛看着默默。默默却为难了,一走就得罪了身边的朋友。旁边另外的朋友觉得架势有点不对,上前来开始劝。

醉酒男显然被兆阳的无视给惹怒了:"行,你厉害,你英雄。"说完醉酒男转身要离开,一边嘟囔着,"妈的,有几个臭钱了不起,装什么大头,还不就一个废物。"

声音不大,核桃却听见了,张兆阳自然也听到了。核桃看了张兆阳一眼,看他没有理会只是歪嘴笑着。

核桃觉得总算抓到机会了,转头要拉默默也走。再一回头,意外地发出"啪"一声。兆阳趁着所有人不注意的时候,忽然拿起手边的啤酒瓶追上去就给了那醉酒男的脑袋上砸"开"了。

酒溅洒了一地,有个胆小的女生一声尖叫,醉酒男完全没有反应过来,头上开始流血。也顾不得擦血,大叫着反扑回来。兆阳出手奇快,都没看清就把醉酒男放倒了。

另外朋友一看打了起来,不知道是劝架的还是帮谁的人,扭打在了一起,一场混战。默默和几个姑娘就躲在一边不知所措。

核桃几次想上去劝阻,场面混乱,不知道如何是好。默默一直拉着核桃不要去:"你别管,你别管。"

核桃想,这事儿因为她而起,也得她解决,哪能不管。决定"以毒攻毒",拿起空酒瓶子往没人的地上一摔,又是"砰"一声脆响,空气忽然凝固了,打架的人的注意力都短暂地吸引了过来。

"别打了,你们发什么酒疯?"核桃站到了兆阳面前,拉住了他,"你干吗动手打人啊?"

兆阳混乱中被人拉开,急红了眼,一瞪眼才发现是核桃。

"我……"兆阳想解释又找不到理由。眼前发生的情况有点突然,本以为英雄救美,核桃应该感激才对,怎么这女人还对着自己发脾气了?

"你们闹够了嘛?"核桃继续教训兆阳,气势汹汹地又瞪了一眼说:"你觉得有意思吗?太肤浅了,你以为你是小孩子吗?"

兆阳就被骂愣在那里,一句话也说不上来。

核桃骂完兆阳,走到受伤的醉酒男子身边,示意默默过来帮忙。默默一脸不愿意地过来。

"先送你去医院吧。"

醉酒男子现在已经没了嚣张的气焰,酒也醒了。

核桃和默默一起扶着受伤的朋友去了医院,其他几个打架当事人怕出事,跑得跑,散得散,只剩下兆阳一个人,一片狼藉。

核桃和默默把受伤的朋友送到医院,挨打的醉酒男头上缝了5针。

"这小子下手真黑,别让我碰见他,碰见他,看我怎么收拾他。"受伤的醉酒男现在包扎着的白色绷带的脑袋,口齿不清地叫嚣着。核桃看着躺在病床上的醉酒男可怜又可笑的模样,心里更是反感兆阳:都是些什么人啊,尤其这个张兆阳太能惹事了,以后再见到他,有多远躲多远。

兆阳的"英雄救美"并没有给核桃留下好印象,反而这种"流氓作风"是核桃最为讨厌的。她从小到大已经被纠缠了太多次了。核桃觉得,男人,尤其不成熟的男人,总希望通过斗狠逞能来表现出自己强悍的一面,来赢取女孩子的关注或者爱慕。核桃也不是需要大哥保护的刚刚踏入社会的小姑娘。在核桃眼里,眼前这种行为除了幼稚肤浅之外,真的没有什么魅力可言。

可核桃自己也没想到这么个"流氓",在今后很长一段时间都和她有着扯不清的关系。

2. 一本正经地扯淡

核桃不喜欢别人称呼自己美女作家，却以这个角色混迹社会。她给杂志写专栏，出书，偶尔参加电台和电视台的节目。在L城小有名气，每天都挺忙，核桃倒不在意，能做自己喜欢做的事，也不太容易觉得辛苦。

打架事件几天后。

核桃忙着给杂志写稿，早就把打架事件忘在了脑后，要不是默默再次提起。

核桃的房间里到处都是书和影碟，温馨又文艺。家不大，是核桃自己在L市贷款买的。当时核桃还和妈妈斗争了很长一段时间，妈妈坚持要出钱给买大一点，要么就不要买，在家里住。软磨硬泡地说服了妈妈，偷偷买了这个小户型。好在离家也不远，妈妈也就默认了。

默默来核桃家看她，核桃在看书，默默自己坐在沙发上玩弄着手机，玩烦了两人在家里聊天，开始聊起了张兆阳。

"你还记得前几天在酒吧打人的那位公子哥吧？

你可不知道,他真够背的。听说那天一出门,就给警察抓了起来。"

"谁?"核桃写稿的思路被打断了。

"就是那个高高帅帅的,老找你说话的帅哥。为你打架的那个。"

"哦,哦,想起来了。帅吗?"核桃努力回忆,却只记得很模糊的脸。这个消息让核桃吃了一惊,只是话题关于自己,她把注意力从书本上抓回到了默默的身上。

默默自顾自地接着说:"我们那天不是去了医院,走了以后,他从酒吧出来,开车回家就碰到有交警。拦下他一看,哟,这纹身,还有酒气,估计还有打架留下的血迹,一看就不像什么好人,就要查他的证件,查他酒驾。听说他还和交警吵架,交警更不放过他了。结果一查,就这么给拘留了。"

核桃假装在看书,一直在想,这个人不仅流氓习气,而且这么蠢,喝了酒打架,还开飞车,竟然和交警吵,真以为自己是谁,无药可救。核桃自己想着没有回应,默默在沙发上说得眉飞色舞,有点幸灾乐祸,根本停不下来。

"你可不知道,这小子口碑可不太好,据说仗着自己老爸有钱一直挺嚣张的。整个一花花公子,追姑娘花心极致,见到漂亮的就追。核桃,你算是为民除害了,哈哈哈……难道那天被你骂了,他就走了衰运?"

"和我有什么关系呀,真是的,你少黑我。"核桃虽然嘴硬不承认,心里还是有点内疚,多少有点不好意思。因为自己的事害的人家被抓,付出的代价也不小。

"张兆阳算是个名人了。"从默默的描述中,核桃知道了更多关于张兆阳的信息。

"张兆阳,典型的高富帅,家族企业从建材到酒店背景深厚,在L市是知名企业,业务发展到了美国、英国、法国等等。生意自从上了轨道,张兆阳的父母和弟弟长期住在英国,很早就都办理了移民,只有他一个人留在国内打理业务。"

"不过据说,我们的张公子在国内基本上只干一件事儿,那就是'泡妞'。什么名牌珠宝和皮包都不算是事儿,一出手就是送豪车、豪宅。人长得又帅,有几个姑娘能经得起诱惑,很多姑娘还要倒追。"

即使没有默默夸张的描述,核桃也猜到了几分,这个浪荡公子的作风挺讨厌的。加上他在酒吧打人,喝酒开车还和警察吵架,更加深了对兆阳的厌恶。核桃从来不仇富,只是看不惯这种仗着自己条件比别人更好,却不干正经事,为非作歹的人。核桃心想:老天爷给了他一个好家境,给了他一副好皮囊,却这么浑浑噩噩,真是浪费。

这么一想,核桃心里的愧疚减轻了。

"像他这样的嚣张跋扈的富二代,吃一点教训,是迟早的事儿。"核桃说。

核桃把注意力继续收回到眼前的书里,可默默的一句话又把她拉了出来。

"不过我听说,张兆阳可问别人要你的电话号码了。"

"干嘛呀?"核桃头也不抬,回应了默默。

"看样子是要找你。不知道他是要找你寻仇,还是要追求你?"默默说起张兆阳就兴趣挺高,她看核桃没什么反应就继续说话逗核桃,"要真是追你……想想……富二代不错啊,又年轻长得又帅,身材也不错。最重要,回头他给你送豪车、别墅,我也能跟着沾光。不过……要是寻仇的话,核桃啊,你可以跑路,出去躲两天。"

核桃假装生气,给默默杀去一个眼神。"他要是追我,我才出去躲两天!"

"哈哈哈。"默默反而被核桃逗乐了。

核桃从书桌上起身,倒了一杯水,也来到了默默坐的沙发里,接着一本正经地对默默说:"我都那样骂他了,还追我?一种可能是他脑子有问题,另一种可能就是受虐狂吧?这两种可能性不大。所以综合来分析,他追求我的概率为5%,他来找我报仇的概率为95%。"

"不会,不会,他那天看到你都愣住了,一定是被你的美貌和智慧所迷倒。"默默坚持自己的判断。

"就算他脑子有问题追求我,我也不能把我后半辈子幸福交给一个脑子有问题的人吧?就算他是个受虐狂,我也不是个施虐狂啊?不过他看样子年纪还挺小的,像个小孩似的。"核桃现在才回想起兆阳那张略带少年气又英俊的脸,又觉得挺可笑的。

"应该是,比咱们都要小,算起来可能差7、8岁吧。正宗小鲜肉一枚。"默默笑得花枝乱颤。

"你可以啊,调查得这么清楚,你说的这么好,那适合你啊。回头送你别墅豪宅,我也可以享受享受。"核桃开始对默默反击。

"哎，我不喜欢比我年纪小的，你知道我喜欢成熟的。你想想差8岁，人家30的时候，你40，人家40你50，这日子怎么过，不是等着被嫌弃？每次出去，人家问你是姐姐还是妈妈？太尴尬了。"默默一通议论。

"这是个问题。不过我们这样本来就是尴尬。你看我们这年纪的，高不成低不就，条件好、性格好的早结婚被套牢了，没结婚的要么性格有问题，要么就是没玩够。"核桃顺着默默一本正经地扯淡。

"面包会有的，牛奶也会有的。你要等，不要追。"默默深情演绎着。

"有，有，有。厨房都有。赶紧给我做饭去。"核桃没有走心，一来反感张兆阳，二来觉得这事可能性几乎没有，打发默默给自己做饭去，转头就忙着写稿去了。

3. 成长中的趣事囧事

默默认定，兆阳要追求核桃，也不无道理。

核桃从小到大一直被各种男孩子追，这事好理解，因为她长得好看。核桃是典型的南方姑娘，皮肤白皙，面容精致，身材匀称，尤其加分的是一头长发乌黑，还有一双明亮的眼睛，干净透彻，散发出来灵气。说话干净利落，声音温柔而稳定。

核桃是她的外号，她姓何，生下来就是个水蜜桃似的，长得甜美水灵，所以父母就取名叫何小桃。大家都叫他核桃，核桃，就这么被大家记住了。

不过让大人们想不到的是，长相甜美乖巧小女孩，几乎就是个假小子，大部分时间和家附近的小男孩一起胡乱玩耍，调皮捣蛋，偶尔能把小男孩欺负哭了。从小爱打抱不平，说话做事都是干净利落，一点也不像表面上看起来文文弱弱，多愁善感。

核桃倒不在意这件事情，只是有亲戚邻居开始私底下议论，一个女孩子老和一帮男孩子玩，不像那么回事儿。父母为了核桃好，决定把核桃旺盛的精力发展到各种兴趣爱好上，也希望借此把她的心性收一收，在同龄人都在上补习班，她却在学习钢琴、跳舞、骑马。

在核桃眼里，这些都是玩，该玩就玩，一点也没有耽误。

核桃从小到大都是焦点，陌生路人、戚亲朋友夸她长得好，一帮男孩围着找她玩，父母又是百般宠爱。核桃的家境不错，父亲是工程师，在一家上市公司拥有相当的股份，每年都有可观的分红收入，母亲是大学讲师，思想开放前卫。父母除了提供一个良好的生活环境，更多是让核桃过得快乐开心。

在大学，别的同学都还在小市场里买仿品假货，核桃妈妈就偶尔会送给她名牌包，而且是新款。核桃开始并不喜欢这些昂贵的奢侈品，用了之后，才发现做工精细还有品质感、设计感。这让核桃明白，它们的确有让很多女人追求和喜爱的理由。从小，核桃的父母就想让她知道，这个世界有更多美好的风景还有更多美好的事物，就带着她到处跑，为了是让她见识更多。

到了中学核桃基本已经跑遍了全国主要城市，然后就是去国外跑。当大学里有的同学开始穷游，核桃早就走遍。这些很少有同学知道，她回来也从不炫耀自己的见闻和经历。

也许这些与众不同的经历使得核桃与同龄人有点不一样，也让核桃有点不合群，明显和同学们没有太多共同语言。她们琢磨着哪打折哪有便宜货，核桃也去过几次，觉得没什么意思。核桃现在回想起来，好像自己是比同龄人更少物欲一些，这种别人眼里的"清高"的心态，无意间就流露出来。

在别人眼中重要的东西，在核桃眼里并不是那么重要，比如说学习成绩。核桃从小就懂一个道理：学习是一辈子的事情。父母从来没有在学习方面要求过什么，完全凭借着她自己的兴趣，想学就学，不想学就不学。父母也对一时的学习成绩没有那么在意，就在这样宽松而自然的环境中，核桃的功课并没有落下，成绩一直很好。核桃能够在学习中找到乐趣，实在找不到也不勉强，有几门课核桃非常突出，综合起来也很不错。别人看她学习总是轻轻松松，不上补习班，不用那么刻苦学习，大部分时间是在玩，没有被学习的压力压得疲倦而憔悴，反而有了一股子潇洒的英气，羡慕嫉妒恨自然不少。

好不容易从"假小子"的形象中摆脱出来，又成了别人眼里的"高冷女神"。这种与众不同的"距离感"，在同龄人眼里就成了"高冷"，就是这样优秀到了完美的地步，自然没有了什么朋友。用默默的话说"上天从来都不是公平的，把美貌和智慧都给了核桃。"

核桃这样的，让别人产生压力，一上来就挺让大部分女孩子觉得讨厌。任何事情都有两面性，长得好看又优秀，就得负担一些负面情绪，比如需要接受嫉妒和更多流言蜚语，甚至还有一些暗地中伤。

男孩子对核桃是又爱又恨，而女孩子就是嫉妒。核桃从小到大男生因为她打架的太多了，而一些女生的小伎俩就更不用说了。

学生时代，核桃收情书这件事已经平常了，就如同我们现在每天手机收到垃圾短信一样普遍。有高年级的，低年级的，甚至还有别的高中慕名写来的。核桃刚开始都是小心保管，而且会认真看看，看多了基本千篇一律，有的甚至是网上抄来的，慢慢就不在意了。

有一次，不小心把收到的一封情书给弄丢了，不知怎么回事过了两天就被贴在学校的公告栏里。结果那个写情书的男生，被拉到了教导处教育了半天，还在学校同学里丢人，那男生整整一个月都被在耻笑。

后来还是默默听说，是有女同学嫉妒核桃，故意把捡到的情书贴到公告栏。核桃也是受害者，同学们私下以为打小报告是核桃干的，都觉得核桃真是太差劲，有什么了不起，不喜欢就不喜欢，不理就完了，还要打小报告，贴出来多丢人。

核桃想找那个写情书的男生解释，谁知道那个男生被吓怕了以为核桃还要教训他，见了核桃就躲，核桃只好托默默给那男生送去了一封信解释，至于别人的误会就没法解释，也没人信。

这样的误会核桃经历了很多。比起误会更伤人的是流言蜚语。不知道谁开始谣传：核桃是个很随便的女生，有很多不同的男朋友。

不了解的人只知道因为核桃长得好看追求者很多，流言又说他男朋友很多，这也很好联系到一起。核桃的故事就被传得越来越邪门，甚至说她被人包养，各种男人为她争风吃醋。

无非是捕风捉影，添油加醋。高二时，就有个高三的坏小子，对外宣称核桃就是他女友。只要和别的男生多说几句话就会被挨打。足足缠着核桃半年之久,一下课就在学校外面等着她。核桃对他就是不搭理,这个小子后来也就知趣地离开了。

对付各种各样的追求者,核桃刚开始很生气,觉得打扰了她的学习和生活。后来也无奈了,为了不必要的麻烦和误会,渐渐开始学会和男生保持一点距离和冷漠,也为了让一些追求者死心,就这样在"高冷"的路线上越走越远。在不熟悉核桃人眼里,她是个冰山美人,常常给人不可接近的感觉。但是熟悉她的人知道,核桃简单直率甚至会犯傻,一直保留着她性情的一面,她见不得朋友被欺负,所以在酒吧才会发火。

一直以来,核桃有两个流言,一个是高冷,另外一个就是很多男朋友,后来有了一个名词,绿茶婊,不少人背地里就这么诋毁核桃。绿茶,就是文艺清新,这比喻一类文艺女子,一般都是挺高的颜值。婊,说的就是表面清纯,背地却又是另外一套,随便放荡。这个词倒是很自然地将核桃的两个流言结合到了一起。

4. 闺蜜默默的秘密

不管别人怎么误解核桃，默默一直是无条件袒护她的，她们从小就是死党。默默只要听到别人说核桃不好，就要上去和别人吵架。最后又是核桃去帮默默解决争端，时间一久，两人的感情倒是越来越好。

她俩的革命友谊要追溯到学生时代。

默默爸本来是个公司的总经理，家境也很好，她爸的公司经营得风生水起，因为业绩好，公司被上市公司高价收购了，但是在这个时候，她爸竟然和公司的一个刚参加工作没多久的小姑娘私奔了。

没有任何迹象，也没通知任何一人。

这些都是默默后来告诉核桃的。他妈躺在床上一个礼拜，一个礼拜之后生活还得继续，过惯了少奶奶生活的默默妈，找了一份在商场里开电梯的工作。

默默继续上学，也尽力过着正常的生活，她变得更加敏感。那段时间同学们有时候在背后议论她，她假装没有听到，却记恨在心。

有一次，几个同学在讨论什么，嘻嘻哈哈。其中有个默默原本挺好的女同学。默默认为她们在讨论自己,就走了过去想听听她们到底敢说点什么。几个同学看见默默走了过去,马上收住了笑容。默默实在受不了,大吼起来:"你们有病啊,背后议论人干吗?"

教室瞬间安静。

"谁讨论你了?你才神经病。"女生也没有示弱,"老爸跟小三跑了,了不起啊?"有时候女生和女生之间的刻薄,是超越想象的。

默默冲了上去扭打起来,她们人多,一帮姑娘对付默默一个人,一把推倒了默默。

"你们够了!"一个人冲了出来,挡在了默默身前,这人就是核桃。

其他几个女同学不想惹核桃,本来理亏的同学们就此作罢,默默没想到"高冷"的核桃能够帮自己出头。

"你为什么帮我?"默默事后问核桃。

"人总是很孤独的,一个人要对抗这个世界。我觉得你需要朋友。"核桃文艺的话默默有时候听不太懂。默默从那以后把核桃当成了自己最好的朋友,几乎形影不离。了解了核桃之后,她知道了核桃并不是流言里的核桃,她见识广,性格其实很好,对默默总是很有耐心和包容。

那段时间,默默有点害怕回家,一回家面对妈妈一个人,特别小心,感觉这个家随时都可能崩溃。她喜欢和核桃待在一起,也是核桃陪伴着默默走过了那一段艰难的时间。

核桃也喜欢默默,仿佛默默就是另一部分的自己,会做很多觉得看起来很傻却有意思的事情。默默带着核桃出去和男生们一起去网吧,去KTV通宵唱歌,被男生带着在马路上飙摩托车。这些经历对核桃来说都是新鲜有趣的。对默默来说,核桃就是自己人,有好东西就要一起分享。

核桃喜欢默默,除了她的率真和潇洒,还有一个原因,那就是默默心里有坚强。默默告诉核桃:她从来不让亲戚们说她爸的坏话,只是有一次她妈妈哭诉着她爸的忘恩负义,默默也跟着哭成一团,哭完冲进她爸妈的房间,把衣柜里爸爸留下的衣服一件一件地扔在地上。找来一个收垃圾的人,给了五块钱,就全打包拿走了。

默默还告诉核桃一个秘密。高考的前一个晚上,在学校里晚自习,传达室大爷过来叫她接个电话,那时候还没有手机。默默接了个陌生电话,电话那头却没有声音。

"喂?喂?说话啊"

那头还是没有声音。过了几秒钟的沉默,电话挂了。默默告诉核桃她坚信电话是她爸打来的,之所以不敢出声,是没脸。

核桃说:"最可怕应该的不是说爸爸忽然出走,而是你发现最熟悉的人,其实一点也不了解?"默默回答:"没他不是一样过。"

核桃和默默一起走过了中学时代,从市重点高中,考到了不同的大学。默默学的是工商管理,却爱好文艺,唱歌跳舞样样精通。核桃大学学的是中文,毕业后去了日本留学。人生路各自不同,好在两人一直相互陪伴,关系一直很好,核桃性格偏冷,默默总是主动去找核桃,有什么事都告诉她。

5. 被误解的富二代

如果说兆阳和核桃有什么共同点，那么他俩都是一直在别人的误解中长大。

在外人眼里兆阳就是一个富二代，衣食无忧，潇洒不羁。熟悉他的人知道他善良、孤僻、敏感，甚至有一点自卑。很少有人知道，这样一个喜欢纹身，喜欢穿牛仔裤和T恤的，留着长头发的非主流文艺富二代，差点成了一名刑警。

兆阳的故事要从兆阳家里说起。

父亲年轻时就和叔叔伯伯们一起"打天下"，走南闯北做各种买卖，生意越做越大，从电子开关工厂，到房地产开发和五星级酒店，从小工厂发展成了一个跨国集团。父母几乎每天在外奔波，他就被送到了学校住宿。兆阳小时候一直没意识到自己家里怎样有钱，甚至根本不知道他父亲是干什么工作的。

在兆阳的成长经历中，有钱并不是很好的体验，他自己对钱没有概念，反而是身边的同学和朋友时刻在提醒他"很有钱"，和别人有点不一样。在小学的时候兆阳有个挺好的朋友。他家境一般，但当时兆阳完全不知道。因为都是小朋友平常不聊有钱没钱这种事，而那时都小，彼此也看不出来。

兆阳有次就邀请这位同学来家里玩，放学后叫他坐上自己家的车。那个年代小伙伴见到奔驰的车标就"哇"了一声，兆阳根本不明白为什么他要"哇"。还以为这是人人家里都有的车。

在兆阳家里他们以为很愉快地玩了一会儿，小同学一直说"你家好大"，并且挺拘谨的，根本也没觉出任何异样。事后回想起来当时真的太幼稚不懂事。

直到后来某次学校考试，成绩和升学有一定关联，小同学没考好，心情很低落。兆阳就去安慰他，说这次考不好没关系，又不是决定的唯一因素之类的。下次好好考就是了。小同学就突然对兆阳发飙，说兆阳站着说话不腰疼。有句话兆阳至今记得十分清楚，小同学很愤愤地大声讲："你家有钱，有权，不愁上不了好学校！而我呢？我什么都没有！"

那时兆阳整个人呆住了，原本的小伙伴竟然说自己"有钱有权"，就跟演电视剧似的，被人指着鼻子骂的情况下。后来，兆阳和小伙伴的关系再也没有以前好了。少年的敏感和脆弱，以及现实之间的巨大鸿沟，让兆阳觉得孤独和无奈。

他不止一次听人说过类似的的话，"张兆阳唯一的好处就是出生在一个好家庭"，谁听了这话都不好受，可是他能辩白什么，再怎么努力也无法摆脱自己的家庭，不管他多优秀，别人只是看到了他背后的光环。在家里，他知道父亲的辛苦和不易，父母虽然没有给他什么压力，却是一座他永远翻不过去的大山。兆阳一直想努力证明自己很优秀,但是别人的误解却让兆阳慢慢习惯,他就是一个失败的人,到最后他自己也承认,他就是很失败。

学生时代,父母很少管他的学习,他却很认真。他很喜欢数学,还在市里的数学竞赛中拿过名次。本来他还得挺得意的,也不知道谁造谣说,他爸爸给老师5万块钱,让他去参加这个数学比赛。兆阳生气极了,回家还质问他爸,他爸无奈说只是为了感谢请老师吃过一顿饭而已。

在兆阳拼命准备中考的时候,父亲早就安排了重点中学保底,不管考多少分,总能上去,高考的时候家人已经安排了兆阳出国留学,但是兆阳没有走他们安排好的道路。兆阳想着摆脱,他不希望被人瞧不起。

兆阳真的靠自己的勤奋努力考上警察学校,他要坚持自己的决定,父母没有支持也没有反对,只是说:"你想好的事情你自己就去做,反正我们给你兜底。"现实的生活并不如兆阳想得简单,刑警学校毕业之后,兆阳并没有考上警察。

6. 活得像个笑话

接手家族企业——这样看起来让很多"屌丝"羡慕的人生安排，兆阳却选择逃避。还有一个重要的原因，兆阳正经历着一段刻骨铭心的感情，至少在当时的兆阳眼里是这样。

兆阳喜欢彦歌，他们是中学同学。彦歌是美丽清纯的校花，刚刚进入学校就因为一张自拍的照片走红网络。彦歌虽然学习不怎么样，一点不影响她的风光成长，集老师和同学宠爱于一身。

同一个班级，兆阳青春期的懵懂，转成了对彦歌的好感，聪明的彦歌也很快知道了，女孩子成熟早，大大方方地对兆阳特别亲近，很快他们就成了一对小情侣。兆阳和彦歌在一起就显得普通，他也习惯了彦歌边上围着各种不同的男生。

不过两个人的人生就是两条线，偶尔交叉然后沿着不同的方向走。彦歌家里很早就准备好送她出国留学。兆阳的叛逆期来得比较晚，而且强烈。他不是没有想过和彦歌一起出国留学。他看着彦歌积极准备出国那段日子觉得特别无趣。兆阳不知道如何表达自己情绪，用冷漠硬扛着，也不说出自己心里的不舍，反而只会赌气和压抑。那段时间兆阳迷上了看小说，他最喜欢村上春树的《挪威的森林》。

上了大学之后，两人远隔重洋。兆阳和彦歌就处于一种若即若离的关系，兆阳也在大学有过几段无疾而终的恋爱，期间和彦歌闹过分手，却谁也没有横下心来，反而感情倒是变深了。

毕业之后考警察碰壁，家里一直催着兆阳回家帮忙打理公司。在兆阳犹豫不决要不要回家，彦歌也拿了学位要回国了。彦歌在北京找了一家单位要实习，兆阳做了个大胆的决定，他也跑去北京，在彦歌单位边上租了一个房子陪他。

彦歌一直劝兆阳回家去，兆阳觉得没有什么，只不过日子清苦一点。两个相互喜欢的人就应该在一起。不过现实证明兆阳的单纯想法不过是一次挣扎，两个人开始因为一些琐事而争吵，兆阳觉得自己为了爱情抛弃了所有，可彦歌仿佛并不领情。

彦歌实习了一段时间，没过多久动用家里的关系在 L 市附近的省会 H 市找了个轻松又福利优厚的工作。兆阳为了支持彦歌表面上也同意了，两人一起又从北京回到了 H 市。

兆阳心里想，父母不管他，等着在看他混不下去了自己乖乖回家，他要证明自己摆脱家里也可以生活得很好，心里一直憋着一股劲。

兆阳在 H 市的一家证券公司找了个客户经理的工作。妈妈来 H 市看兆阳，偷偷给了兆阳一张银行卡，说里面有笔钱给兆阳开户炒股，兆阳一看里面是200万，临走的还告诉兆阳：别亏待了人家姑娘。说上班有个车方便一点，就让司机把家里的一辆保时捷911留给了兆阳开。

兆阳拿着3000块钱的工资，天天却用豪车接送女友上下班，给她买名牌包，给她租房子。他想尽力抓住这段感情，因为这是他自己选的生活，和女朋友在一起多少有种相依为命的感觉。

可是兆阳并不开心，在H市他没什么朋友，工作上也不顺利，同事们有点排挤他，觉得他仗着自己家有钱根本不把别人放眼里。主管更是有意为难他，觉得兆阳反正干不了多久，还老爱出风头，一身大牌衣服，天天开着那么贵的跑车。

这种外界上的压力，兆阳不知道如何化解，就发泄在了和彦歌的相处中。他们开始频繁因为一些琐事吵架，关系也变得冷漠。彦歌连着两天没有回家，他才意识到出了问题。再见到彦歌对自己不咸不淡的，有时候约会也不肯出来，好不容易出来在一起也是心不在焉。张兆阳问她有什么事情，也是含糊其辞，说不出什么来。

最不愿看到的一幕还是发生了，那天是彦歌说不舒服在家没有上班，兆阳请假想去彦歌家看看她，就开着车直接过去了。本来想着过去给她一个惊喜。

到了楼下却发现没有带钥匙，他打电话故意说要一起吃大餐，女朋友半天没有接，接了之后气喘吁吁，说，因为公司临时有事又去加班了，没在家，叫他别回来了。可兆阳明明看见彦歌租的房子亮着灯。

张兆阳哦了一下，僵在了原地，像是掉进了一个无底的黑洞。这辈子最漫长的大概就是这几个小时，他决定要做一件让自己死心的事情。

他决定等在楼下。

他一直站在楼下，脑海里翻腾的全是彦歌和另外一个看不清脸的丑陋男人"滚床单"的镜头，每一个细节都可以想象出来，他们怎么亲吻，怎么样的姿势，甚至想出来了彦歌的反应。从心里翻出一阵恶心，越想越痛苦，越想越愤怒。好像事情就是逼真得如在眼前，这样的体验可以把一个人彻底打垮。

兆阳已经愤怒到了脑袋一片空白，他不知道该如何面对接下来的局面，他幻想是冲上去，然后大打一场，或许这样最解恨。他不停安慰自己一切都是想象，根本没有发生什么。

张兆阳已经无法再用理智思考，只是在一边等着一边对自己说，别胡思乱想，别胡思乱想！

大概3个小时，彦歌出来了，一同出来的还有她的一个男同事。他们没有发现张兆阳就在不远处看着，他俩依依不舍地分手了，彦歌还吻了一下她的男同事。

眼前发生的一幕让兆阳不知所措。兆阳怀疑都成真了，这种事情竟然发生，还蠢到现在才发现。幻想冲过去给彦歌一巴掌，却迈不开腿，脑袋是懵的状态。

过了一会儿兆阳才清醒一点，他打了电话给彦歌，接了闲聊了几句，忽然问了一句："你们什么时候开始的？你要骗我到什么时候？"

"谁,你说什么?"

"我都看到了,我就在楼下,"兆阳最终还是没有压制住怒火,"妈的,我都看见了,你个贱货!"兆阳愤怒地摔开了手机!这时候他爆发了,情绪非常复杂,有恨有失望有伤害。当一个人为一件事不断付出,这件事情就会变得越来越重要。可是在别人眼里,这都是微不足道。这一个晚上,把张兆阳原来让自己骄傲的事情也打碎了,而且稀巴烂。

第二天,他还是照常去上班,只是觉得一切索然无味。彦歌打他电话他不想接,因为一想到她,就是和别人上床的画面,心中就刀割一样疼。一周之后,他辞去了那份可有可无打杂的工作,回到了L市。他就觉得人生就是妥协,再怎么努力也不过如此。他不可能不管家族的企业,这才是他的正经事。或许这就是他的命。

当父亲开口说,还是过去帮他的时候,兆阳真的不知如何是好。妈妈也劝他,不如回来给爸爸帮忙,现在业务已经基本上了轨道,就照看一下国内的生意就好了。父母选择把弟弟带在身边,一起去了美国,而兆阳作为老大,必须留下来。

富二代也有富二代的责任,除了要对付来自家族的攀比,这也是一种人生的枷锁。

家业传承自然是一件重要的使命,所以兆阳父母在教育儿子这个问题上也是完全不同的态度。对于长子有多一份责任,继承,守护整个家族的责任。从小到大都要被这么教育,当然还有照顾弟弟的责任。对于小儿子,自然就放任自由一些。

在孩子中间，从小兆阳就要被父母带去出入各种社交场合或者家族聚会，赋予了人脉交际和广结善缘的意义。在大学里的时候，父母的一句口头禅就是，迟早这些事都要你出来做，你自己要弄明白。

老妈对别人都是和蔼可亲，可是到了兆阳这里就会变得严厉。弟弟淘气不听话，老妈就是笑一笑说随他去吧，兆阳同样的事情就会被批评教育，你是老大，你要做个好样子，以后还有很多事情要依靠你。

从小就被灌输要守护家业，兆阳不是没有想过摆脱，可是最后在现实的碰壁之后还是妥协了。所以弟弟就是在外闯荡的，而他需要定位成家族的继承人。角色定位之固定，往往已经深入了我所有人的观念之中，反抗无力。

回到L市，刚失恋的那一段日子，兆阳几乎每天和哥们混在一起，一帮狐朋狗友天天去夜店、酒吧、台球厅。他害怕一个人待着。渐渐地张兆阳给自己伪装起来了一个壳，纹身，打架，常常出入酒吧，和所有人能想象到的一个标准的浪荡公子也差不多。剩下几个朋友哄着他，难得有个富二代爱玩又仗义。兆阳也知道别人暗地里怎么骂他没用废物，可是当面夸他都能上了天。父母忙着公司上市的事情，根本没有工夫管他。只当他是失恋了，贪玩。

兆阳就像一个空了心的人，用玩乐来麻醉自己。

对于兆阳来说，这段感情结束了，意味着这段关系中的自己也死掉了，在那一刻，那一个时期就是全部。兆阳经常一副什么都不在乎的样子，摇摇晃晃地在出现在一大群人中间。最痛苦的不是彦歌的背叛,而是一种选择去拥抱世界,却有种被世界抛弃的感觉。任何一点努力,最后让自己活得像一个笑话。

别人眼里他拥有一切,还有什么好抱怨。兆阳很小就明白,财富的数量和幸福感并没有关系,只有经历过的人才会懂。

"人们总说你唯一的好处就是生得好。"

很少有人能看到他性格里懦弱和自卑的一面,兆阳给自己伪装出一个壳。这个壳就是自己放荡不羁、骄横跋扈的浪荡公子形象。因为不管做什么别人还是一样对他有很多成见。

"去他妈的!"他选择让这个世界满意,让自己成为他们想象中样子。

第 2 部分 感情

1. 意外的表白

L城市是一座很普通的南方小城市，大小的概念其实很难区分，只有比较才有大小。在核桃眼里，L城是个小城，核桃喜欢大城市的丰富多样，她也一样喜欢这座自己土生土长的城市，人们各自忙着各自的生活，比起大城市来说，这座小城有着难得的闲暇而散漫。

这种独特的气质使得这座小城多了一份文艺气息，历史上诞生过很多文人墨客，核桃觉得自己身上的文艺气离不开这座城市的浸染。小城还有一个特点，市井之气。别人家柴米油盐一点事都是大事，仿佛比起大城市，人与人之间的关系更紧密一些，虚荣和嫉妒造就了市井之气。核桃也喜欢这份市井之气，觉得这就是生活本来样子，不光是阳春白雪。L城经常下雨，一条江把城市分成了老城和新城两个部分，这条江在雨季的时候常常会发洪水。人的适应性很强，这个小城的人们就在洪水过膝的时候，就把长裤卷成短裤出行，熟人见面了还不忘打招呼开两句玩笑。

相比而言，兆阳并不喜欢这个城市，他一度努力摆脱这个城市，这个家。又是为了家族，或者说自己在家里的地位，他不得不留在这里。自从回来接手生意，他以富二代的身份，很快成了当地名人。

他觉得这座城市太过安逸和世俗，别人知道他很有钱表面上大家都哄着他，所有事情都有人安排好，毫无生机。可是这次他再回来L市一段时间后，兆阳反而享受这种感觉，他想要的什么都有，地位、女人，以及表面上的"尊重"等等。

另一方面他觉得越来越空虚和孤独，就像一个人掉进了这个堕落的黑洞里。这样玩乐不是他自己真正想要的生活，心里这份愧疚从来没有消失过。

那一天遇见核桃，兆阳意识到眼前出现的核桃与他身边认识所有人不太一样。她的出现就像无趣的世界里照进来的一束光。人都是有气场的，不同人带有不同的气场。兆阳第一眼看到核桃就留意她，听同行的朋友介绍核桃之后，想起来以前偶尔是在杂志上看到过核桃的文章，心中还好奇写出这么有趣文章的背后是一个怎样可爱的姑娘。兆阳想找机会过去搭讪，可核桃完全不感冒。

再次与核桃见面还是在聚会上，不过这次聚会是兆阳专门为了见核桃而安排的。通过另外一个朋友请了默默，默默又拉来了核桃。核桃当然不知道。只是有了上次的"打架事件"，两人再次见面的心思发生了微妙的变化，既有点尴尬又有点暧昧。

朋友不多，兆阳很快找到了与核桃单独相处的时间。

"你是不是觉得我特别无聊？"张兆阳把自己的事情一点一点说给核桃听，"那天你骂完我，我就后悔了，我想追你们去，着急就没有叫司机，我直接就开车了。或许是老天真的要给我一个教训，路口我就遇见了交警。"

"哦，还好没出什么事。"说起这事，核桃心里还是有点愧疚，"我那天也犯不上对你那么生气。不然你就不会给交警拘留了。"

兆阳当着核桃的面竟然有点拘束。"警察查了我的证件，就把我带走了。"兆阳继续轻描淡写地描述着当天的情景，"反正挺丢人的，让你那么讨厌我，我不是你想象的样子。"

"我讨厌你？说不上，不过这也不重要吧。"核桃没有隐藏自己的反感，话语里透出不愿再和兆阳纠缠的冷漠。

张兆阳说着自己的状况："被关起来那几天，我一直在想，我到底算是个什么样子的人。我什么都不在乎，就是要让别人害怕我。纹身，夸张的打扮，还有喝酒闹事，让自己看起来是个不好惹的人。"

"为什么要别人怕你？"核桃好奇地问。

"可能因为心里的自卑吧。"

核桃没有出声，他能理解兆阳所说的自卑。

"你看，"说着兆阳还给核桃看自己身上纹身。

"其实什么事也没有。"

"打了人还什么事没有，你也挺有意思的。"核桃真的觉得眼前这个"小弟"挺有意思的，她之前从没有接触过这样的人。核桃喜欢有趣的人，那种一眼就被看到底的人，显得太无趣。

这两年，核桃身边的有趣的人仿佛越来越少，到了她这个年纪,同龄的女朋友,以及女同学纷纷转变成了家庭妇女,大部分除了炫耀孩子和老公以外什么也没有。

核桃倒不反感她们,知道这不是自己想要的什么生活。

"我早就认识你了,在酒吧见面之前,我看过你写的文章。那天在酒吧就很想认识你。不过事情忽然发展超过了我的预期。"兆阳说着又露出了他坏坏的笑。

核桃忽然觉得眼前这个男人,更像一个犯了错的男孩,她对着兆阳笑了笑说:"的确是挺意外,不过倒也没有什么,失足少年还是可以挽救的,过去的就让它过去吧。不过告诉你件事,我觉得你纹身很丑啊。"

兆阳被这句突然的评价逗笑了,核桃也笑了。

说话间,张兆阳的手机响了,电话那头听起来是个女人的声音。他对核桃说了身抱歉就走了出去接电话。过了几分钟,接完电话,张兆阳回来了,脸色不是很好看,核桃也没说什么。气氛变得有点尴尬。

"其实我是想让你帮个忙,"兆阳说,"我希望你做我女朋友。"

2. 误会渐渐消除

核桃虽然见识过各种各样奇葩的表白,但这一次张兆阳的表白刷新了核桃的三观。

"少年!你别搞笑,我们好像才见第二面吧,少年!?你醒一醒。"核桃哈哈大笑,毫不客气地拒绝了。

"见两次怎么了,你是觉得年纪差太多吗?我知道,你应该比我大8岁。"兆阳还是一脸认真,等核桃回答。

"不光是年纪大。"核桃说着大笑起来,在核桃眼里兆阳一直在对自己开玩笑。

"虽然我们才见两面,我确认我喜欢你,不要小看这份感情。我也知道你肯定会拒绝,但是有句话不是说过,我喜欢你,和你无关。"

"好。好。和我无关。我们做朋友好了。"核桃没有止住地笑了起来。

兆阳还是很平静,微笑着显得更加帅气。"那就从做朋友开始,我不想有什么隐瞒,喜欢你就要让你知道。"

核桃面对着眼前这个男孩子觉得表白都显得可

爱，没有生气，心里开始有所期待。

"我们换个话题行不？"核桃实在不知道该怎么接下去。

"好啊，你说是不是每个人心里都有很多遗憾？"兆阳试着说出自己的困惑，"小时候我们对未来充满了希望，长大了才发现所有事情没有一件事能够让如自己意。"

"情况大概是你说的这样。悲观地接受了也好。尽力去做一些能让自己开心和高兴的事，就会没有那么多遗憾。你心思太重了，完全不是你表面上看起来那样。"核桃瞄了瞄他。

"我本来以为女人都是差不多的，她们现实、势利，甚至肤浅，我心里暗暗下了决心，不会再为女孩子伤心。不会再那么认真。"

核桃心里奇怪："你不要这么悲观，可以追求很多女孩子啊？你长得那么帅，又有钱，前途一片光明。目标不要错，何必在我这里浪费时间？"

"浪费就浪费吧，我本来也没什么好珍惜的。"兆阳说得甚至有点轻佻，"你会喜欢上我的。"兆阳说这句话的时候，仿佛找到了一个人生目标，忽然觉得自己不那么难过了。他要想办法让核桃喜欢上自己，更多是一种征服的动机，他想看看她与别的女孩到底有什么不一样。不管核桃如何拒绝，他有信心来完成这一件事情，他把追求核桃当作了一件证明自己的事情。

他们两人坐在酒吧的阳台上，没有什么人，音响里放着略带悲伤的爵士乐。这天晚上轻风吹拂，窗外路灯通明，车辆也不多，显得比白天空旷与安静，反而有点温暖的感觉。

都说忘记一个人最好的办法是再找一个人。张兆阳选择了核桃。

那天兆阳接到她前女友彦歌电话，对兆阳道歉："对不起，我不该骗你，是我喜欢上别人了。"兆阳虽然早知道了，亲口听到自己喜欢过的人说出这句话，还是难接受，他愣在那里，记不得电话里接着说了什么。大概是彦歌回忆以前兆阳对她好，安慰一番。

"你也很好，希望你能找到属于自己的幸福……"声音渐渐模糊了。打完电话，面对核桃，兆阳在这个安静的夜晚忽然有点想哭，还是忍住了，他觉得太丢人了。

对着核桃精致温暖的笑容，明亮的眼睛，他忽然很想说出自己心里的喜欢。所以来了一场突兀的表白，明知道要被拒绝。这件事对兆阳来说意义重大，意味他要放弃一段纠结的感情往前走。

核桃心里发生了一点微妙的变化。很早就听默默说过，张公子根本就是个小流氓，花心大萝卜。在核桃心里，不知道为什么，她反而觉得眼前这个有点阴郁的男孩子并不是默默说的那个样子。核桃虽不可能接受兆阳，却在心里把他当成了一个特别的朋友。

这样一次突然的表白对于核桃来说更像是一个玩笑，本以为一笑而过。谁知道兆阳就当真了。

兆阳开始对核桃各种的好，这种好可以满足了大部分少女对白马王子的想象。核桃在办公室忽然就收到了兆阳送来的鲜花。女孩子都是喜欢鲜花的，很多男士不会明白，对于兆阳这些似乎都是无师自通，他知道如何逗女人开心高兴。鲜花直接送到了核桃的办公室，在场同事们一片羡慕，有八卦的还多问了几句。核桃只是笑笑放在一边。

下班的时候，张兆阳就会开着他的保时捷，就在核桃的工作室门口等她，说一起吃饭。核桃也不客气，她俩见面不是约会，更像是一对老朋友相互聊一聊，就这么不知不觉两人的关系也渐渐深入了一些。

"我们只是朋友，你不要太过分了，送花也别送了，还有你别来我楼下了。兆阳同学。"核桃每次都撇得很干净。

"知道，知道。"兆阳说到做到，从上次表白之后，就再也没有过分的话语和动作。

各自退一步的关系，让兆阳在核桃面前没有压力，想到什么就说什么，还会把工作上的一些事情告诉核桃。兆阳说："不知道自己喜欢什么。"核桃也不会建议别的："就说你去试试嘛。"兆阳家里有家五星酒店，核桃就说："你不是也挺爱吃的，你就先在美食这一块做点自己想做的事。"核桃还帮着兆阳请来了几个美食圈的朋友，把兆阳介绍给他们。兆阳说干就干，就请人开发创意菜。

两人因为工作的关系，交往就频繁了。但朋友毕竟是朋友，兆阳虽然偶尔会开核桃的玩笑，他心里知道，核桃没有真正喜欢上他。要说核桃对兆阳一点好感没有，那是撒谎，仅限于好感。核桃说不上来为什么要帮兆阳，只觉得兆阳心里其实很苦闷和迷茫，有一种孩子气的懦弱。

3. 年轻时，谁还没喜欢过人渣

核桃把张兆阳追求自己的事情，以及他俩现在的暧昧关系告诉了默默。默默显得很兴奋："你看我当时说什么来着？我说他要追你，你还说不可能。说中了吧。"

"你别取笑我了，我可一点也高兴不起来。"

"是哦，都说是个花花公子。"

"不是这个意思，我觉得兆阳这人挺好的，眼睛有点与众不同的东西。眼睛不会骗人，有很多东西只有从眼睛里才能看到。"

"是福不是祸，是祸躲不过。你说他那么好的先天条件，花心不是很正常。总没有人嫌弃他吧，是说太帅了？还是条件太好了？当然，也就你这样的，我觉得你能驾驭，我看好你。"默默说着。

"我看你是看热闹不嫌事大，站着说话不要腰疼。"核桃反击。

"那你就是喜欢人家嘛，又觉得不敢是不是？"默默笑着说。有一种好朋友总是在第一时间站在你的立场上毫不留情地黑你。

"我根本就没有往那方面想,他小我那么多,差着8岁呢,只是觉得这样不太好。要是你喜欢,我把他介绍给你?这样我也轻松了。"核桃也拿默默开玩笑。

"好啊,小鲜肉还不好,反正我需要很多爱,很多爱。可惜人家看不上我。要是哪怕对我流露出一点好感,我就倒追了。可惜啊,一点都没有。"默默撒娇地抱起了核桃的胳膊。

"啧啧啧,那么不要脸呢?"核桃笑着骂了一句。核桃把问题说得轻描淡写,和默默开起玩笑肆无忌惮的。

核桃对待感情很谨慎,她不会轻易喜欢上一个人,喜欢一个人就要考虑永远在一起。她一开始特别不理解默默为什么那么容易喜欢人,而且不计算后果。她总是劝核桃擦亮眼睛,默默每次都是发誓打赌,可转头就忘。

核桃很理解默默,也是最懂默默的人。外人也同样无法知道默默这个外表光鲜的女子,有着怎样的成长经历,默默成长路也挺坎坷的。或许是"父亲离家出走"这件事的影响,默默一面很渴望被爱,一面又嫉妒没有安全感,默默的情路也坎坷。

最夸张的一次,大三那年默默一个人去丽江旅行。在火车上,遇见了一位大叔,大叔幽默风趣,体贴温柔。大叔自称是个不太走运的导演,曾经和不少名人合作,什么王小帅,张元都是以前一起喝酒哥们,不过人家现在事业发达了,分道扬镳。说起来那种大起大落的落寞,对于一个不太有社会经验的女孩子充满了幻想和敬佩。

大叔留着一头长发,文学音乐娓娓道来,什么路遥,什么萨特，以及王阳明，一路上十个小时，越聊越亲密，他们从火车聊到了餐车，最后聊到了大叔也要一起去了丽江。大叔也算是性情中人，带着默默吃好吃的，住五星级酒店，还帮着默默拍照。据说默默后来觉得大叔是骗子就是坏在，大叔说自己是导演，但是拍出来的照片却很路人。这是事后分析。

总之默默觉得遇到了真爱，奔放地相爱。他们就像一对情人度蜜月一般，但只过了四天，到第五天，默默一早醒来，大叔不见了，默默第一反应是大叔买早饭去了？但是等到中午大叔也没有回来，就打了电话，电话关机。默默懵了，不知道如何是好，最要命的是她发现自己的两千现金也没有了。前台打电话过来说要到退房时间。

默默急得在房间哭，低头看便签纸上写了：默默，我有事先走了，你可以联系我同学：136xxxx，他会帮你。

默默试着打了过去，对方骂骂咧咧，大概意思怎么搞这种事，还要他帮忙擦屁股。不过骂完之后还是帮忙了，应该是大叔有所安排，帮默默买了一张回家的车票还留500块钱给他。

这些是默默告诉核桃的，核桃问回家的路上默默想的是什么。默默哭着说想的是被人骗了色。核桃说对，那时候流的泪都是脑子进的水。默默最烦别人问她去没去过丽江，那是个伤心地。

默默一路坎坷，一样活得风风火火，不断恋爱，不断失恋，最后收获一段段跌跌撞撞的感情。不过说起来核桃还有些羡慕和佩服默默，经历了那多创伤也好，欺骗和背叛也好，都被他化解了。在默默身上，核桃明白了一个道理：很多时候，我们都是如此孤独地面对一些想象不到的事情。时间是化解一切的好东西，再怎么想不通的事，时间自然会给出答案。

　　核桃只能安慰自己：她和兆阳的事，让时间给出答案好了，顺其自然。

　　"核桃，晚上有人请我们吃饭，我们一起去吧？"默默不怀好意笑着说。

　　"都是谁啊？关于什么主题？"核桃发问。

　　"去了你就知道了。放心吧，我会把你卖了的，你记得帮我数钱。"

4. 抛出橄榄枝

很难想象核桃这样美女,竟然很少主动去参加工作无关的聚会,甚至很少主动去联系朋友。大部分的时间都在看书或者写作。默默正好相反,总是有各种各样的饭局,而且都愿意叫上核桃,作为核桃的闺蜜,很大程度上也是核桃的"饭局经济人"。默默无意也给核桃带了不少工作的邀约。

核桃开车去接默默,一起来到的饭店,陆续来了几个人,相互介绍,客套寒暄,都是一些文化界的人。

迎面进来一个人,核桃就明白了默默为什么要保密。这个人就是张兆阳,他只是对着核桃微微一笑,倒是核桃有点不自然。

核桃纳闷怎么默默就和兆阳混到了一起。

核桃迅速识别了这次饭局上主次。主角就是曹大林,他在L城颇有名气。默默有一段时间在曹大林的公司当营销总监,不过是挂了一个名,主要工作就是公关,负责和媒体的关系,还有就是陪大家吃吃饭。默默很了解曹大林的底细。

曹大林是个有故事的人,当年他是大学的诗歌社的社长，这类人一般都是被评价为才华和交际能力最佳结合。大学期间常常有诗歌发表，而且公然对抗学校的考试制度，大学没毕业就辍学了。在社会上晃荡了几年，和另一个朋友合伙开了个文化公司，组织一帮知识分子出了一本观点偏激的书，结果书畅销无比。

曹大林也借此以作家的身份开始混迹各种圈子，且酷爱喝酒，与各色朋友豪爽相待。人脉之广真真假假，他常有意无意地说，那谁谁喝多了就乱骂人，那谁常常是大名鼎鼎的人物。

曹大林另一个特点是口才了得，尤其爱和小姑娘打亲骂俏，逗得姑娘哈哈大笑，所以非常受姑娘欢迎，身边的女伴一个比一个漂亮，从文艺女到女演员、女白领等等。

他现在的另外一个身份是美食家。因为热爱各种饭局，他对什么都讲究，对美食尤其热爱。偶尔在报上发表一点美食散文，就会受到不少人的追捧。时不时还担任一些美食大赛的评委，出席一些美食的活动，凭借他出色口才，成了美食圈的核心人物。

曹大林擅长并且热爱在饭局上讲段子：

"我有个朋友老被家里逼着去相亲，一次两人约在牛排馆，一见面才发现女同志实在太丑，要命的女同志也是被逼来相亲的，基本没聊什么牛排倒是吃了不少，到买单的时候问题来了——谁买单。我朋友觉得女的这么丑，还吃了这么多，不想买单。女同志自然也不是好惹的，坚决不付钱。两人后来竟然吵了起来。牛排馆的老板怕影响生意，出面劝不住,最后报警来了警察自骂了几句,打了8折,还AA。"

"两个人连吃饭都不能吃到一起,肯定没戏。"曹大林继续,"说起来,我要拍的这个美食节目,就是以人物的情感为素材,每部短片一个小故事,情感加以美食。"

"你说的不就是日剧《深夜食堂》吗?"核桃听到这里忍不住接了话。

"没错,没错,好吃的都是故事嘛。"曹大林向核桃投来赞许的目光。

"其实今天吃饭,我的主要目的是想让你和默默过来帮我。我看过你的美食文章,角度和创意都很新颖,很有意思,我看好你。我希望你俩过来做这个节目的编导,加盟到这个项目里来。"

核桃有点意外,能受到曹大林这样的邀请。

"太好了,谢谢曹哥愿意给我们两人这样的机会。"默默听了这话,赶紧表态,说着举起酒杯要敬酒。

核桃却有点犹豫没有马上表态。曹大林老道地看出了核桃的犹豫,说:"也不着急,可以回去再考虑考虑,但这是一个难得的机会。这个节目也最需要核桃和默默这样的编导。兆阳他算是这部美食节目的出品人,我和他谈得也很投机。"

默默赶紧接话:"我们和兆阳其实早就认识了,而且还是不打不相识。"这意思拉一拉张兆阳和核桃的关系。这样一说,核桃倒不好意思。

曹大林转头笑着:"兆阳,你们认识最好,那你得帮我搞定核桃,把她的思想工作做好,一定要请过来。"

"老曹,我可没有那么大的面子,还得你自己的诚意。"兆阳云淡风轻地看着核桃,核桃有意避开了一下。

"谢谢曹老师。"核桃说。

"既然曹老师这么看得起我,我还有什么理由拒绝。"核桃也不想驳了曹大林的面子,她真的挺喜欢这一份工作邀请。

说完,默默提议为这个历史性时刻干一杯。

干杯的时候,兆阳故意不着痕迹对着核桃抛了个媚眼,颇有得意之色。

5. 想一个人才孤单

核桃开着车载默默一起回家,还没到家,核桃就开始审问默默:"老实交待!怎么就和兆阳混在了一起。"默默直喊冤枉:"我只是认识曹大林。谁知道还有兆阳的事儿。不过难得人家一片苦心,这明摆着应该是有你在的缘故。"

"我最讨厌工作和感情扯到一起,也太不着调,不知道怎么想的。"核桃言语里有点生气。

"我觉得没有什么,只要人家是真心喜欢你。其他都不重要。不对不对,只要事情对自己有利,最重要。"

核桃也拿默默没办法。

默默看核桃不开心,看来的确走心了,她转移话题忽然问核桃,"你说人的感情控制得很好,是不是也挺无趣的。"

"当然会。"核桃笑着回答,"那就意味着你要不断压抑和控制。情感和理智总是冲突的。"

"我就觉得你为什么永远能那么理智,我一看到喜欢的人就完全没有了脑子。"默默有一个技能就是善于自黑，一副"我就是很差劲，我自己都没办法，你拿我怎么办"的架势。

"你话里有话啊，小妮子你长本事了，说话知道绕弯讲了，说吧，你想说什么？"核桃也故意逗默默。

"我是想知道你和你的小男友……"

"什么小男友？"核桃知道默默说的是兆阳，故意打断。

"哦。张兆阳啊，你们怎么样了，准备在一起了没有？"默默挤眉弄眼。

"我们怎么可能？"

"怎么不可能，他追你，喜欢你，瞎子都能看出了，你能不明白？你厉害啊，欲擒故纵。"

"纵你个大头鬼，你摸着你的良心说话，你真是觉得我俩合适？他就是个贪玩的小孩子。"

默默觉得核桃太过理想化："你总是考虑太多，爱情的事情哪里能考虑得好。我觉得他还好吧，条件多好！你不要小看他，我可听说这孩子不简单，脑子好，人也机灵。我不觉得他只是一时觉得好玩，而是真心喜欢你。"

"你收了人家什么好处？这么着急卖了我？"核桃看不得默默一本正经，就故意逗她。

默默也知道核桃的脾气，她想好的事情，很难被别人改变。不过她真心希望自己的好闺蜜能有个好归属，不要像自己陷入一段感情难以自拔。

默默说着又扯到了自己，有点伤心了："你看你多好，多有魅力，这么年纪小的都喜欢你。我的感情怎么就是坎坎坷坷，你知道吗，每一次感情都很投入，每一次换来的多半是失望，有时候宁愿相信，我选的人没错，可就是走不到一起。你也知道啊，我总是会遇到各种各样奇怪的问题。有的抱着玩的心态来，有的又无趣到不想说话，偏偏自己喜欢的人又不能在一起。"

核桃轻轻地摸了一下默默的头，她的长发顺滑地从她的指尖溜走，心里生出了一份怜爱之情。

"一个人不孤单，想一个人才孤单。人都是孤独吧，就是在寻找着一些什么东西，来对抗孤独。追求钱或权，或者追求爱情。情深不寿啊，太重视感情，反而感情都不那么如意。不管如何，我们还能相互陪伴，对吧。"

"我们才是最后在一起的一对，是不是？"默默深情地望着核桃，核桃大笑。两人破涕为笑。

送完默默回家，核桃一个人站在家里的阳台上望着窗外，不同高楼大厦里的灯光向外延伸，炫耀着自己的故事，仿佛是在等待那些还没回家的人。车窗外面马路上一盏又一盏的路灯伸向远方，明亮而温暖，像两条美丽的平行线，相互陪伴。马路上来往匆忙的车流，每一个车里都上演着悲欢离合。

核桃心里装着一个人，她一直把心里的最佳伴侣的人选留给了张浩，因为他对核桃来说太重要了，越得不到的，越会用自己的想象把它描绘得越美好。

6. 心中那个她

  人在年轻时候，总是轻易地下一些自己都知道不真实的决定，比如说不少男生说长大了想当飞行员，可惜大部分人没长大就忘记了，不少女生会说自己想当明星，实际最成功的表演就是幼儿园的毕业典礼上。

  所谓的聪明人，就是在很早的时候就知道，自己要什么。核桃当年要不是因为张浩，她不会非要坚持写东西，一直成为现在这样。在她念大学的时候，张浩就一直鼓励核桃，张浩无比肯定地对核桃地说：有一天你会成名，会有很多人喜欢你的文字和你这个人。

  这句话对于核桃来说，就像夜空中的星星一样指引着她前行。核桃后来才明白：当一个你无比佩服并且深信不疑的人，告诉你可以的，你心里就会充满了力量和耐心。就像《大话西游》里紫霞仙子总是说自己的如意郎君会驾着七彩祥云来接自己一样。

  核桃从来没有觉得写作枯燥和孤独，反而有一种实现梦想的踏实感。

  从小到大，父母都没有严格地管她，在学习上尤其，任由核桃"自由发挥"，她一直都让父母非常放心，成绩优秀，性格温和。

当年她放弃了保送去上海读研究生的机会，父母没有反对只让核桃考虑清楚。核桃说不愿意把青春再浪费在无聊的大学里，她觉得除了再拿一个学位以外没多大意义。她告诉父母打算先工作一段时间，如果觉得还想学习，就去留学。父母听了核桃的打算，不再劝她去。

在外人眼里核桃保研不去，又没有正经工作，是不是这个孩子精神出了什么问题。核桃父母都是开明的人倒不在意，也理解自己的孩子的性格，没有给她任何压力，只希望她做自己喜欢的事情就好。

作为父母最好支持就是理解，这是核桃最感激她父母的地方。

核桃刚迈入社会忽然有一种恐慌感和兴奋感。核桃做过一些其他工作，比如去海外留学机构为一些想出国留学的学生准备材料，事务性的工作实在枯燥，核桃认真负责，也做得很好。在留学机构上班，她萌生了还是应该去国外学习学习的念头u，她最喜欢日本，因为日本很多文化与中国一脉相承。

当她回来和父母说自己又想去日本留学时，父母虽然心里有些不放心，只说"你自己想好就行，我们都支持你"。开始帮核桃一起做出国的准备。核桃学习日语，申请日本某大学的入学考试。一切都出奇顺利，没多久，核桃就收到了大学的邀请。

核桃另一个爱好是到处旅游，写一写关于各地美食的文章，偶尔一些时尚杂志和生活杂志会给他发表文章。网络方兴未艾，核桃开通了自己博客写文章，现在说起来这无意的举动，谁也没想到人气渐渐旺了起来，在圈内小有名气。

核桃有一天收到了一封邮件，署名就是杂志主编——张浩。张浩邮件里想邀请核桃过去当编辑，还邀请在张浩所主编的《生活家》杂志上开设一个专栏。

核桃自然高兴，身在国外，却用网络和张浩成了好朋友，两人因为工作的关系联系就开始紧密起来。

张浩会告诉核桃的哪一篇文章写得不错，还有哪些地方可以改进，甚至还会帮核桃介绍一些国内的书籍。张浩会帮核桃找一些国内的书寄过去，他们俩都非常喜欢汪曾祺、唐鲁孙这些老作家的文章，这两年，张浩几乎把所有他们的书都给核桃邮寄了过去。

很少有人能想到，靠写美食文章也能够当成一项事业。当然，并不是一帆风顺，独自写作这事有多寂寞，很少有人能懂。没有人认识核桃，也没有多少人理睬一个专门写美食的新手，因为文章本身就没有硬性的标准，她不知道自己到底写得好还是不好，难免陷入自我怀疑的境地，生僻的题材媒体杂志发表的机会当然少。很少有人还能坚持写，受欢迎大都是一些作家或者名人的一点八卦佐料。

在日本留学期间，核桃在博客上写一写日本生活和美食。网络在国内渐渐流行起来，更多的人也开始宣称自己爱好美食。在这个潮流之中，核桃的文章成了一种流行，在网上很受欢迎。核桃就这样在网络上有了一点名气。她的文章开始经常被媒体转载，就这样核桃无意间被冠上了一个美食作家的名头。

无心插柳柳成荫。国内一家出版社联系到核桃。打算把她的文章集结出版。核桃非常高兴，出版社也非常用心，她的第一本书装帧精美，上市之后反应颇好。虽然没有大红大紫，美丽的形象加上清新的文风，也慢慢有了一些喜欢自己的读者。

核桃越来越多得接到美食的约稿，也有了更多的想法，之后有了自己的工作。

她觉得自己从来都是那么幸运，在一次采访她的文章里写：

其实真的不过是运气的结果。她父母完全没有逼过自己去做不喜欢做的事情，她也不用为了生存去做一些违心的事。自己能够做一点事情，原因很简单，那就是运气好。一个人要去不断去尝试。

在国外留学其实也是很寂寞和枯燥的，很难真正融入外国人的生活圈子中去。很多人留学在国外，不过是和一些留学生一起生活。所以在这段日子里，核桃有张浩陪伴，他们无话不谈，他们甚至约好放假去张浩所在的城市见一面。

核桃第一次看见张浩，张浩带着核桃到处寻觅美食，一起去那些毫不起眼的小店。他们很自然就在一起了。在核桃眼里，眼前的男人儒雅温和，成熟又不失天真。他总是给核桃讲述很多有趣的知识和见闻。把一切都安排妥帖周到，什么事情都让核桃特别安心。他们特别珍惜在一起的时间，有说不完的话题。张浩完全不是核桃从前认识的男生类型，就这样核桃毫无救药地迷上了张浩，觉得最理想的伴侣应该是这样子。

核桃在大学里也有过很多追求者，核桃接触过的那些男生，和眼前的张浩比起来，他们满脑子似乎只考虑自己。核桃并不觉得他们多差，只是这个时期的男孩正处在转化成男人的过程，而张浩经过几年的工作和社会的打磨，自然完全不一样。

相聚短暂，张浩送核桃走，核桃第一次感觉那么不舍，张浩一直安慰核桃，说过阵子就去看核桃。当核桃在火车上回头的时候，看见张浩还在远处看着自己，眼泪就哗地流了下来。

分别之后，她每次收到张浩的邮件总是很高兴，并且保留起来。但是过了一段时间张浩邮件越来越少，字数也是越来越少，发给张浩的文章基本也不看，偶尔在线说几句话就消失了。可能因为工作忙吧，核桃这么想。

最让核桃意外的是，张浩消失了，邮件没有回复，杂志社的电话也没人接，手机一直处于关机的状态，就这样人间蒸发一般。核桃第一次知道了人与人之间的关系是多么脆弱和无常，一切好像没有发生过一样，只有他邮箱里张浩的邮件，还有那些书还在，证明这一切都是真的。

核桃这一段恋情，只有默默知道。默默说，真够倒霉的，搞什么啊，异地恋加网恋，不死才怪。在默默眼里，事情就是这么简单，核桃哭笑不得。

核桃记得张浩告诉她:坚持写下去,你的文章让人觉得人生很美好。

说这话的人不见了,核桃觉得这话没错,做自己开心的事情,核桃心存感激。在写作这件事情上她找到了自己的价值,尽力让这个世界美好一点。核桃回国后,还是一直写文章,偶尔出席一些商业活动,生活忙碌而简单,她成立了一个自己的工作室,有一份电子杂志,还有一些专栏。

心里只是一直惦记着张浩,即使过去这么多年了,心里一样装不下别人,如果把一颗心比喻成一个世界,有些地方别人永远也到不了。

张浩就像在核桃成长过程的一个烙印,像个久久不愈的伤疤。

第3部分 婚外恋

1. 哪有感情的事劝得住

核桃差点和默默绝交，就是默默坚持要和张春在一起。

默默遇见张春的故事并不复杂。第一次见面是在某名牌活动的新品发布会。默默是那场活动的主持人，核桃是嘉宾，张春是另一嘉宾。默默为了调动气氛故意问了一些比较尖锐的问题，张春幽默风趣，应对自在。

默默的出现让张春有一点小亢奋，这是他久违的心神荡漾的感觉。默默高挑和玲珑有致的身材，脸上美丽的笑容，还有偶尔飘过来香水的味道，这一切细节就是张春对默默一见钟情的理由。张春的脸上划过了很不容易察觉的喜悦之色。通常在这个年纪，男人的情绪总是需要稳定的，不能再将高兴和沮丧写在脸上。

当天的活动很成功，张春表现得尤为抢眼，精彩的发言让场下的观众不时鼓掌和笑声。按照惯例活动结束，主持人和嘉宾不太会有别的交流。

活动结束，核桃还故意逗默默，干嘛盯着张春问问题不放。默默哪里肯承认,只说为了现场效果。核桃看在眼里没有多说话。

第二天,张春给默默打了一个电话,这个细节都是经过考虑的,如果当天就给电话,显得太过急躁和明显,又不能隔太久,这样就容易忘记。合适的时候发出最不容易被拒绝的邀请。

张春以工作为借口的邀约,默默自然明白,他对张春也有好感。这件事情发生在两个聪明人身上,看似非常安全,其实暗藏玄机。聪明人懂得自己创造机会,张春必然是一个聪明人。他要在海南办一个座谈会,座谈会的主持人邀请的是默默。

默默有点犹豫,就询问核桃意见:"你觉得张总咋样。"

"怎么了?"核桃以一个女人的敏感意识到了问题。

"没怎么,就问你人怎么样?"

"人挺不错的,一看就是人精。"

"我也觉得挺好的。"

"然后呢?"

"没怎么,他在追求我。"

"啊,不是有家庭嘛?追求你?"核桃故意问,其实默默一开口她就知道了问题。

"他请我去主持他们三亚的研讨会。你觉得我要不要去?"

"不去!你就不应该多看这种已婚男人一眼!"核桃补充说,"你不许去啊,去了我就和你绝交。"

"真的啊?你舍得我啊?放心我不会移情别恋。"默默撒娇地搂着核桃的腰。

"你够了啊!"核桃一脸坚定,"人家有家庭,还明显对你有意思,你这一去就回不了头了。"

"可我也挺喜欢他呢?怎么办?"默默继续撒娇。

"你那么容易喜欢一个人,又不稀奇。不许去。"核桃坚决反对。

"行,行,行,我听你的。"

2. 迈出了这一步

默默还是去了，去之前给核桃发了个短信：核桃，我去三亚了，为了赚钱，我向组织保证：守身如玉。

核桃又气又可笑，回了两个字：绝交……

默默哪里会听核桃的，她觉得核桃就是传统到呆板，张春已婚怎么了？其实上次问核桃之前，她就拿好了主意。

张春的研讨会一切都安排得妥当，默默专业的表现以及随机应变的能力让整个会议很顺利，几个行业权威对张春的公司的产品非常肯定，答应一致推荐他的项目，这让张春心情大好。

默默的出现，使得张春止不住幻想有一个能够在事业上帮助自己的女人也很不错，既能作为伙伴，又可以作为爱人一起分担，这种分寸感也很重要，就是她依赖你，又独立于你。默默满足了张春所有幻想。

几天相处，张春处处照顾默默，默默对张春的信任和依赖更加强了，张春也没有多想，就让默默多留一天。当他提出这个要求的时候，默默也没有犹豫，反而一直等着他一样。这几天工作里的默契，让张春成了大哥一样的角色。默默只是哦了一句，没有再多问什么。

安排妥当了其他嘉宾，默默换了一家酒店，并没有离开三亚，只有张春知道，默默在等着张春。工作已经全部结束了，现在只剩下他们两个人。

张春精心安排的一次约会，地点就是默默酒店的附近高级餐厅。他们在巨大玻璃窗前吃饭，美食美酒，音乐轻柔，环境幽雅。两人开心地回忆起这几天工作的趣事，张春说了很多自己的事情，默默被逗得笑个不停。她才发现眼前这个男人也有感性有趣的一面。

吃完饭他们走在海边散步，张春拉起默默的手说："我第一次见你，就喜欢上你了。"

"我也喜欢你。"

张春没有让默默说完，就抱着默默，用他温厚的嘴唇把她的嘴唇堵上了。亲完两人相拥在海边，夏日的海风吹拂着，空气特别甜蜜，灯光明亮温柔。

回酒店的路上，默默忽然拉起张春跑上了立交桥，两人站在立交桥上，张春从背后抱住了默默，桥下车流不息，两排路灯伸向远方。默默心想真美，只要两个人相爱，到哪里都是美丽的风景。

回酒店，张春还是一样温柔淡定，他们两就发生了关系。默默见识过不少男人，张春温文尔雅，在任何时候都能考虑别人的感受。

这一次出差，默默和张春的感情迅速升温。

默默偷偷还给核桃发了个短信：已沦陷……

核桃倒不意外，一会儿也给回了一个：好自为之。

偷情很容易上瘾，一旦迈出了这一步，往往就再也回不去。

3. 坦然面对，顺其自然

要是一次偷情也就算了，随着时间推移，感情渐深，默默犹豫了，她告诉核桃，原以为是寂寞相互慰籍一下，结果越来越喜欢。每每想念张春，默默就觉得特别失落和孤单。她不敢主动给张春电话和短信，怕他的妻子看见，怕影响他们的生活。

默默一有什么事不能闷在心里，她的事情核桃几乎都知道，挺依赖核桃的。"该！"核桃对默默没有一点同情，"早知现在，何必当初。"

"你还有没有良心？"默默一脸苦。

默默看起来没心没肺的，她自己说永远缺爱，追她的人总是排队，只是一直没有找到合适自己的那个人。现在遇到了张春，她真的开始考虑和张春一起生活，可是面前的困难太多。

"你喜欢他吗？"核桃反问默默。

默默沉默了。

"当你喜欢一个人，就要付出。付出不一定有回报的。你想好。"核桃这样回答默默的问题。

按说那么多人排队，非得挑一个有家有室的人。

默默却说张春最合适她。张春有家庭，有漂亮的妻子和可爱的孩子，默默一开始就知道。谁知道结果默默还是成了她自己原本最讨厌的"小三"。

"你的感情也够坎坷的，不过人家有家庭的，这一段感情怎么都不会轻松。"核桃没有教训默默，只是心疼她。

"我也知道，都不敢想以后会有什么结果。走一步看一步吧。"

"不管以后什么结果，一定要好好的，知道吗？"核桃唯一希望是默默不要再受到感情伤害。

"他特别好，为了他，我可以放下一切，不管不顾的。我相信他也一样想。"默默特别认真。

"以后怎么样谁也说不好，既然你们在一起就好好珍惜对方，你们要走到一起太不容易了。"核桃更关心默默怎么和张春相处的问题。

"或许时间长了，分开就没有那么痛苦了。"默默自我安慰，她觉得总是要分开的，只是时间问题。

"怎么可能呢，就像人总说万事如意，不过是美好的愿望，所有的感情里，在一起的时候越快乐，分开的时候就越痛苦。"

"我也想不了那么多，想起这些就头疼？我就知道我特别信任他。"默默试着不去想这些问题，每一次想都只能逃避。

"哪天我把他介绍给你正式认识吧，他人可好了，你也一定会喜欢他的。"

"不能见光"对于默默来说是一种煎熬。默默只能把张春介绍给核桃，别人她更不敢，虽然心里很希望把张春介绍给身边的朋友，念头想到张春毕竟自己有家庭，影响不好。一想到这些就放弃了。

默默一说，没想到张春格外大方，很愿意认识默默的朋友，这让默默很高兴。

很快三个人就见面了，气氛刚开始有点尴尬。倒是张春打破了局面："我经常听默默提起你，你是她最好的朋友，我也就不隐瞒你了，我不知道你为了什么要见我，不过只要默默能开心的事情，我就愿意为她做。"

张春主动出击收到了效果，这让核桃觉得眼前的男人坚定刚毅，并不是想象中优柔寡断的人。

"对，我是默默最好的朋友，我知道你们的情况，默默都告诉我了。我不希望她受委屈。"核桃也开门见山。

"当一个人有了一个新爱好，人们觉得很正常；但是一段婚姻里如果再喜欢上一个人，就不会被祝福。谢谢你核桃，我也会好好照顾默默，很多事现在还不好说。"张春坦诚开放的态度为他自己赢得一分。

核桃作为娘家人的身份，没再说话，张春的回应就是最好的答案。核桃也是希望默默在这份艰难的感情里，多一点支持。

"你俩这么严肃干吗，就不能友好一点？不就是认识一下，核桃，你们是我最重要的两个人，不能相互有意见啊。"

核桃眼看着默默在张春面前这么小女人，说话间向着张春，气氛瞬间变了。

"你就长点心吧,还没怎么样就处处护着人家。"核桃推开故意靠过来的默默说。

人与人之间气场合不合,很快就知道,显然,张春和核桃,还有默默都算是一类人。

这次剑拔弩张的鸿门宴,变成友好会面。核桃打算要是个猥琐小气的中年男人,她准备马上翻脸,然后拉起默默就走,回去之后分分钟劝她分手。结果眼前的这个温文尔雅,说话轻松幽默的男人,的确有他魅力在。

默默私底下告诉核桃,原本对已婚男人根本就很不屑,更别提什么"婚外恋"了,这种事还有什么可以犹豫,直接撇清。可如今事情落到自己头上,也没招儿。

核桃忍不住心想,要是有一天遇到这种无奈的境地该如何,看着眼前的两人,的确是一对璧人,不管是气质上还是言谈上,心里倒是希望默默和张春他们能够走到一起。她想自己是不是之前也是戴着"有色眼镜",都说站着说话不腰疼,但愿自己别陷入这样的坑里。

"越不容易得到,才会越觉得珍惜吧。"核桃安慰默默。

4. 男人不易为

从默默嘴里核桃了解了张春的第一段婚姻状况。

在别人眼中张春是个好老板，好老公，还是个好父亲。从大学毕业奋斗至今，用知识改变命运。毕业后在一家大型科技公司一干就是五年，机缘巧合他拿到了某国外大学教材的代理，一边上班一边做自己项目。在创业之初有老师和同学的帮助，非常顺利，随后r他辞去了高薪的工作，专心经营自己的公司。很快公司规模壮大，还在几个重要城市都有了办事处。

张春是典型的南方生意人，精明勤奋，四十来岁头发灰白。他几乎所有的精力都放在工作上，他为人温和，对公司的各色人都是非常照顾。

张春对默默说过，他们那一代人，男女之情不可以太当回事儿的，不过是生活的一部分，重要的是干好工作。年轻时要努力学习，不准谈恋爱，在学校里谈恋爱都是违背学校的规定。工作两年后，就开始被催怎么还不谈恋爱，还不结婚，还不生孩子。

说起现在的妻子刘艳，当初是张春老师介绍的，是老师朋友的女儿，两人见了几面之后就在介绍人的热心帮忙下，迅速地谈婚论嫁起来。结婚在当时的张春看来，只不过是完成一件事情，就像到了某个时候，要找一份工作一样自然。他当时甚至会认为老师介绍的，如果不同意老师会失望。

张春事业上顺风顺水，刘艳就辞职了，在家安心过上了"家庭妇女"的生活，相夫教子。在别人眼里，刘艳漂亮并且运气不错，找到了好老公，生活不用操心。

不管对于男人还是女人，婚姻都是一次冒险，原本有爱的，也可能在琐碎的生活中慢慢磨灭，而没有爱的，只剩下柴米油盐，更像是搭伙过日子而已。婚姻的不幸福，背后的心酸和无奈只有当事人知道。

婚姻最丑陋不堪的一面，就是因为生活的琐碎两人相互变成了另外一个人。粗鲁地争吵抱怨，会让原本有好感的人变得相互讨厌。大部分为了责任也好，迫于外界和生活压力也罢，或者是以前的旧情上，只能妥协和忍受。

张春和刘艳薄弱的感情基础，加上两人发展的不同步，他们的婚姻自然出现了问题。刘艳每天大部分时间是和别人打麻将，还有就是看电视剧，再有就是炒股票和倒腾房子了。更大的分歧在孩子教育的问题上。

张春和刘艳争吵过，只让彼此更积累了怨恨。妻子埋怨张春不管家里和孩子，更多是埋怨张春对自己不够体贴温柔。张春觉得自己这么辛苦都是为了这个家，矛盾无法调和，为了维持，两个人都在逃避这些问题。张春忙于工作，经常出差，一个月都不回家。一家人甚至很少有机会一起吃顿饭。刘艳把所有的心思都放在孩子身上，对张春不闻不问。

不满意还能如何呢？生活或许就是这样，好像也没什么抱怨。张春他不断通过工作来逃避，可是谁又真的关心过自己。刘艳根本没有办法和自己交流，回到家也感觉不到温暖。张春把这些告诉默默的时候，默默听哭了。"自己心爱的男人其实过得一点也不好。"默默满心的疼爱。

张春想过这个问题：要问刘艳是不是喜欢自己，估计也很难说上来，或者碍于面子就会满口毫不犹豫说喜欢。她不知道男人需要什么，或者知道也没法给予，又不愿意承认这个事实。如果男人出轨或者婚姻破裂，只是把问题简单地归结到男人花心，喜新厌旧。

很多人眼里，张春是成功的，他自己不这么想："别人所谓的成功不过就是符合这个社会的条条框框，就比如一次考试会有参考答案，一道题目总有一个解答方法。可是这个方案是不是真的最适合你，没有人替你考虑。结婚的男人，其实也有着深深的孤独。社会规矩要求说得专一，得努力养家，还得温柔体贴，但是这些社会标准何尝不是一种让人窒息的束缚。"

社会环境就是这样，张春身边的朋友不乏到了中年，反而开始新的感情，这个年纪的男人对女人有不一样的看法，用新的感情来证明自己还有魅力。如果是床伴，只要身材好，长相姣好的女子就可以。甚至有的人矫枉过正，同一时间拥有不少女朋友。年轻的，漂亮的，更有人毫不忌讳，把这种经验当成是另一种成功的标准，当成一种炫耀或者一种类似于事业成功的附属品。

其实张春心里也羡慕过，男人谁不想过古代君王的生活，拥有后宫佳丽无数。不过大部分人一想罢了，或者碍于道德或者实际的障碍。正如有人说过，你没有那么好，只是你没有机会变坏而已。

张春知道这种肉欲关系，不是他想要的。如果说喜欢，喜欢的不过是那一具年轻的皮囊。当到了一定年纪会觉得性爱这件事，真的没有那么重要，有太多更加重要的事情需要他去做，而且也更有意思。单纯的肉体快感，并不能带来持久的快乐。

张春经历过艳遇，出差这件事，总是为男女出轨提供了很大的便利。那天他们与合作方聊得很不顺利，结束的时候已经很晚了。合作方副总是个女的，半老徐娘。夜晚，副总来酒店敲他的门，张春觉得副总有点异样。

聊了几句工作之后，张春起身准备休息，可副总却没有走的意思。张春明白了副总的意思，他把副总推到了床上……

可是这次体验非常糟糕，他很快就结束了。这让张春非常尴尬。副总倒还体贴，微笑着说没事，不用太在意。自己收拾起东西就回了。留下张春一个人反而比较自在。

第二天再见副总时，她没有任何异样，装作昨天的事情没有发生，看来这个女人在这个事情上并没有当真。一切还是照旧，只是张春反倒有点不太自在，他总觉得她有些异样的妩媚心底在窃笑似的。

张春有过这样艳遇经历不止一次，单纯身体的渴求从一开始的兴奋和好奇，真的发生了会有高潮退去的失落，甚至会带来深深地自责。比身体需要更可怕的是内心的孤独感。在这个时候默默的出现从两方面都满足了张春，怎么能不沦陷？

5. 痛并快乐着

如果一段好关系就是相互滋养，张春和默默算是挺好的。

张春喜欢默默好玩的性格，跟她在一起感觉年轻而且快乐。男人到了四十这个年纪，事业基本上不会太差，闲的没事，开始懂得欣赏女人，且懂得包容。这种包容心对年轻的女孩子来说，充满了魅力。

自从和张春好了，他们经常一起出席聚会，为了更好地照顾张春，默默也不避嫌。渐渐一些张春的朋友也知道了默默就是张春的情人。张春和默默并不是干柴烈火，他们都很克制，背着愧疚小心翼翼地经营着这段感情。

默默和张春一起出现在朋友圈或者生意场上，默默总是尽力低调，显得很乖巧，大家谈话只是听着很少插话。她表现得体，不张扬又不太过妩媚，低调反而是一个很好的策略。默默在张春的朋友里很有人缘。大家都说默默是个挺好的女孩，她的外表太过出色，还是太扎眼。

很多人第一印象就是默默和张春，不过是等价交换。一个贪恋美色,一个贪恋金钱。也难怪刘艳如此生气,大家看待事物都有一套自己预设的标准。

当感情越来越浓,必然就要考虑要在一起生活。

张春越来越少回家,下了班就不自觉地去找默默。有一段时间,只要一有时间就会找默默,可能是一个下午,或者是下班之后,时间不长。吃个饭,或者看一场电影,或者看一场话剧,他们就像是一对刚刚恋爱的情侣。张春觉得自己仿佛又回到了大学时代,他们甚至会在大街上热吻,这是张春自己也没有想到,他以前觉得别人做的不可思议的事情,而现在这一切如此自然。

一对相爱的人,在身体上是相互吸引的。他们在一起总是很亲近,拉着手,只要没人就会偶尔接吻,默默或者偷偷地触碰一下他手臂,某一个小动作都会让张春心口小鹿扑扑地跳。这一种情爱的感觉是张春从来没有体验到过的。

张春的变化回想起来特别明显,他开始注重自己的发型和衣着,每一天从家出门都精神抖擞,心情显得格外轻松愉快。

默默在这段关系经受的痛苦也不少,她知道自己和张春的这段关系不能见光。哲学家说上坡和下坡是同一段路,一个事物必然有两面。婚外情带来的刺激和兴奋,必然有一面是伤害和欺骗。

默默想让张春多陪着自己,她特别想再一起去一趟海南三亚。

"好啊,这阵子我刚好要去三亚参加一个论坛。"没想到默默一开口,张春爽快答应。默默高兴坏了,之前心里还犹豫着可能张春不方便,没想到答应得这么痛快。

"亲爱的你太好了,那我推掉最近的活动,我听你的,你说哪天就哪天,好不好?"默默有点得意忘形,她抱起张春就亲了一口。

"没问题,我回去看看日程再定。"张春回答得很肯定。

过了三天的一个电话却让默默失望了,张春说原先定的论坛临时取消了,三亚之行只能取消。默默嘴上回答没事,心情却跌落到了谷底。

更让默默失望的是,看到张春在手机的朋友圈还晒出了孩子和妻子在三亚海边的合影,看着他们笑得阳光灿烂,一切都那么完美和幸福。她心里像石头压着一样难受,她一张一张翻看张春拍的照片,看到最后闭上眼睛,眼泪不争气地掉了下来。觉得自己完全没有必要存在。

也许人在幸福或者开心的时候,容易顾忌不到有人会因此痛苦不堪。张春带着孩子度假,或许忘记了默默的存在。默默想,她什么也做不了,什么也改变不了,或许能做的就是结束这一段关系。默默不止一次想过放手,她看到张春对着妻子撒谎心里也特别难受。每次都是生气几天,吵闹几句两人又合好了。

张春回来再找默默,默默生气没有理张春了,电话不接,短信不回,没说原因。

默默心里觉得这份感情特别重,遇见喜欢的人并不容易,她不断恋爱,不断分手,第一次有人这么了解自己,张春让她知道了什么样的人才真正适合自己。

遇见性，遇见喜欢，都不稀奇。难的是遇见了解。

张春也没有承诺什么，只是陪伴，这些纠结，默默很多时候自己就想通了，眼前这个男人也是真心喜欢自己，是个好人，好老总，好老公，好爸爸，怪只能怪自己爱上了他。

关于他们未来，张春考虑过更多。

有好事的朋友劝过张春，不用离婚，默默也不是一个踏实过日子的人，不要以为自己真的遇到了真爱，其实不过是爱上了假象。"不要相信在野党，上台了都是一个模样。"这句朋友调侃的话，预测了再婚生活的发展前景。他也担心离婚以后，默默能不能相处好，或者不能嫁给自己。也想是不是两个人最后不走到一起反而是个更好的结局，彼此有自己的生活，感情慢慢淡了。

张春和默默他们两个人，并没有讨论过要结婚，这个需要很大的决心，还是一个相当大的工作，甚至需要面对一场拉锯战。默默她想和张春反正在一起了，她很享受张春对自己的呵护。渐渐开始不在乎别人的想法，她知道自己和张春是有真感情的，但她特别没有安全感，总是觉得张春会在某个时刻离开。

"你会不会像我爸一样，离开我？"默默不止一次问过以前的男朋友这个问题。

当默默问张春，他回答"不会。"然后安静地抱着默默。默默告诉核桃，张春是给她踏实感觉的一个男人，即使到时候没有在一起，她也不会后悔，她从来没有要求过张春离婚。

默默因为张春，更多了一份沉稳之气，而张春沉闷的个性多了一份活跃和灵动之气。这种微妙的变化，需要身边很好的朋友去发掘。核对默默这段感情有担心，还是希望他们能走到一起。她对默默说："不管你怎么决定，我都支持你。"

6. 另一种男人

"不要把男人当成简单的下半身思考的动物，尤其是赚钱比你多，房子比你大，车子比你好，连老婆比你老婆好看的男人。"张春的另一个朋友刘国福就是这样说的，他们因为项目合作而成了忘年交，张春就叫刘国福叫老刘。

刘国福如今50多岁了，从小闯荡，江湖野蛮生长，性格直爽却有市井智慧。家里人一直以为这人游手好闲不会有什么作为，到了30岁好不容易结婚。

结婚后也不安分，就独自到大城市打工，从做海鲜批发起家，投资宾馆写字楼、商铺，家底渐渐厚了。

在女人方面可能是压抑得太久，迎来了报复式的反弹。本来就是大大咧咧，有钱了对女人出手也是大方。因为有钱，或者人格魅力，他身边从来没有少过女人，一般都是同时交往着两三个女人。

"你不觉得累吗，周旋于不同女人之间。"张春私底下聊天问过老刘。

"女人和女人千差万别，说关了灯女人都一样的人，是没见过世面。"老刘总是带着不正经。"不要小看女人，她们一个比一个聪明，知道自己要什么。刚好我有，我就给啊。"

从少妇，到大学生，在老刘看来女人不过是成功的附属品，比如一辆好车，或者一栋别墅。"欣赏不同女人的不同之美。和每个女人之间的交往就是一场博弈，并不是简单的金钱关系，只给钱有只给钱的玩法。"老刘说起这些总是两眼放光，颇有心得。刘国福这样说过不止一次："女人也好找，只要有钱，再愿意花一点时间，也有投其所好的。当爱情不可靠，物质还是可以让人接受，况且成功男人身上一般都有一些让她们喜欢的品质。"

不过这么玩总是要付出代价的，在别人眼里他就是有钱变坏的典型，结了婚长期不在家，婚姻基本就是名存实亡。45岁和原配离婚，孩子就送去了国外留学。

"离婚也是来回折腾了挺久，哪里肯放手，心里还有气啊。也没有办法，有一次生气还拿开水直接浇到我背上。不过我也没亏待她，给了房子和车，还有存款。够她衣食无忧了，社会就是这样，她就是没想明白这一点。"刘国福回忆起自己失败的婚姻显得特别平淡。

离了婚之后，独自在家里"逍遥"。

老刘告诉张春，其实他贪恋的并不只是新鲜的肉体，而是不同女人相处中带来的不同自我体验。和年轻的女子在一起，也回到年轻的状态。

张春不予理会："你玩你的，还玩出理论来了。"

"其实，你交往的女人多了，才能知道你需要什么样的女人。你以为我愿意这样，只是没有觉得合适的而已。"这话也是心里话，老刘心里也清楚得很，大部分女人愿意和自己好，还是因为自己有钱，当然不能一棍子打死，这是关键原因。他说希望自己能有个知书达理，能够提升自己的，或者说生活情趣上更高的女人。老刘明白自己要的是什么，他更需要是的一个生活的伴侣，又尽量不改变自己的生活。

刘国福遇见核桃是因为张春。老男人的饭局里，总是喜欢夹杂两三个美女才协调。

"你可以啊，看起来道貌岸然的，原来藏了这么好的。"老刘笑得有点猥琐。

"她可不一样。"张春赶紧解释。

各自介绍之后，酒局的话题丛诗歌开始聊到了名人的八卦，气氛和谐。

这种配置非常有意思，老男人都有好色爱嘴上占便宜的"优点"，如果是单单几个大老爷们，往往发挥不出来，有美女在场，往往升华了饭局的品质，老男人开始舌吐莲花，有形无形地表现出来了幽默且见多识广，义气豪爽的特点。

美女只要负责美，还有倾听，配合大笑就好了。这样也能给留下好印象。或者偶尔还能应付几个黄段子就可以加分。

核桃就坐在老刘身边，两人聊得投机。发现老刘对自己特别热情。同桌子的几个人也看出了刘国福对核桃似乎有点意思。男人都是视觉动物，毕竟老油条了，饭桌上还是谈笑风生，不能太过分。

饭局结束后，刘国福托张春介绍，张春也有为难"这姑娘可不一样，眼界也高，而且是奔着结婚去的，不是你那种玩玩的女人。"张春几次和核桃打交道，对核桃已经算是了解不少了。

"你说的什么话，我也是奔着结婚去了。"国富哈哈大笑，"你做媒好了。"

国富这话倒也不假，结婚有时就是他的一个手段，毕竟不少女人愿意与这样一个有家底，过一段衣食无忧的生活。对于刘国福这个年纪条件来说，再开始一段婚姻并不是什么难事，只是看对方能不能一起生活。

在张国富眼里，核桃是有教养又聪明的女人，这样的女人"旺夫"。不得不说这个年纪的老江湖，自然有一套阅人识人和现实的普世智慧。

刘国富很实际，至少在男女情感这件事情上，他有一条原则，就是一切感情都是可以用金钱来衡量的，你愿意为一个女人花多少钱，就证明你有多喜欢这个女人。在他眼里，每个人都是可以有一个定价的。

对于核桃有了了解后，他愿意出价试一试。

7. 知道自己不要什么

默默成了核桃和刘国富的介绍人。她的理论是多一个选择不会出错，不成可以当成朋友。在核桃面前，夸赞张春的各种好。

同样男人就是这样，每个阶段有他可爱之处，20岁的小鲜肉，唇红齿白很好看，身材消瘦匀称，而且敏感冲动，觉得爱情是天下最大的事；30岁的男人，事业心强，又不失天真可爱，这个年纪可以推倒萝莉也可控制御姐，肚囊也是越大了，好在微胖还能接受；40岁至50岁的男人，事业有成，至少表面上看是这样，圆滑周到，常常好为人生导师，如果注意外表的话，也不至于太差，且能知道自己的优势在哪儿。

默默喜欢张春，觉得张春这种阅历丰富，心智成熟的男人更像一个可以交心的大哥，好的坏的，都可以告诉他。张春听完分析之后总能让默默有豁然开朗的感觉。而且默默说成熟男人他总是知道你需要什么，不光是物质上的，更多是心理上的安慰。如果说钱，张春不算多有钱，以默默的条件和见识，可以找到比张春更有钱的男人，张春并没有给默默买房买车，每次都能给默默一些惊喜，一个包一个手表一件首饰，相比这些，张春给了她更重要的——就是默默在张春心里的位置。

默默的现身说法的确有一点说服力，核桃禁不住她软磨硬泡去见一面。

餐厅是默默定的，核桃心里想着，为了他们的面子好歹得去一趟。

第一次见面，刘国福一看就是认真准备了，早早就到了。核桃和默默晚到了几分钟。

老刘身着正统的西装，短头发打理得干干净净，精明干练的样子。三人入座，刘国福表现了成熟男人特有的收敛和克制，收放自如。他简单地介绍了自己的情况，离过一次婚，孩子归了母亲领养。自己开的公司。他也表达了核桃的好感，坦诚而不暧昧。

核桃原来印象里这个年纪的男人无趣，一般上来都是炫耀自己的财产和事业，或者吹嘘多少厉害的朋友，刘国福的低调和诚恳反而显得比较难得。

核桃找了个借口准备要先走。这次见面聊得并不深入，刘国福也看出了核桃对自己没有意思，他也知道自己不是那种见一次面就能靠言谈举止就打动女人的。这么多年的生活经验，也让他有了一颗淡定豁然的心，面对一切似乎都在掌控之中。

"下次我再请你吃饭。"他们礼貌道别。

人与人的关系发展是有一些关键点的，比如第一次见面，第一次约会，第一次吵架等等，这些事情看似微小而琐碎，回忆这段关系，这些关键点就会很有意义。他预示着这段关系从陌生到熟悉，熟悉到亲热，再从亲热到冷淡，冷淡到破裂。一个的聪明人应该能够在这些关键点做正确的事情。

那之后，偶尔老刘会打个电话关心一下核桃，话也不多，或者问一下近况，或者问一问什么需要帮忙。不远不近，让核桃不为难，自己也不会太难堪。老刘心里明白，核桃不是他唯一的选择，他也不是核桃的第一选择，这并不妨碍什么。

老刘说他欣赏核桃不单是外表，而是看到了她是个很聪明的人，她有着同龄人少有的成熟和理智，他愿意与核桃一起生活。

核桃自然没法接受老刘，她觉得老刘是一个挺好的人，对于自己来说不喜欢就是没法接受。两人倒是坦诚，核桃直接说了自己的感受，老刘也能理解。

"我知道，这些我都知道，谢谢你坦白告诉我这些。"老刘一样真诚，"你有追求幸福的权利，谢谢你。人的想法会变的，你不要小看自己的每一个想法。"

核桃告诉老刘："我知道自己不要什么。"

第4部分 事业

1. 做自己喜欢做的事

要说核桃和默默最大的不同，默默觉得感情是这辈子最重要的事，找一个好老公然后有一个美满的家庭。而核桃喜欢自己的事业，工作就是生活的很大一部分。核桃在外人眼里令人羡慕，她走了一条很多人没走的路，大部分人都是上学，被告知要好好学习，将来找一份好工作，然后努力工作一辈子，省吃俭用，到退休就能过上富裕的生活。核桃明显不是。

"做自己喜欢做的事"这句话说起来简单，真要做到需要很多条件。核桃似乎有一种魔力，就是只要她决定去做，一定就能做成，谁也阻挡不了。

当初刚写美食文章，朋友和同学纷纷找到了体面的工作，而核桃更像是不务正业，一个女孩子"好吃"并不可爱，不像现在人们开始以吃货自居。"说到底，人人都开始关注自己喜欢的东西。"核桃应该说早了一步。

这一次拍摄纪录片也一样，核桃心里想的是如何才能把这件事做到最好。

曹大林物色了各色人等，就是执行导演一直没有合适的人选。兆阳想起了自己特别要好的朋友——卓然。他们算是世交啊。

卓然的父亲柳叔叔，和兆阳父亲称兄道弟。兆阳从小到大，跟着父亲母亲，见识过不少人从没钱到有钱，也见识过不少人从有钱到没钱。柳叔叔事业在40岁前一路顺利，生意做得非常好。他是L市第一辆哈雷摩托车的主人，为人高调，风流成性。柳叔叔也是兆阳家饭桌上的常客，记得每次饭桌都是侃侃而谈，兆阳一般听不到具体的事情，偶尔给长辈倒水听到一两句，也都是谈投资等等无趣的事情。

每次来卓然就是和兆阳一起玩，一来而去两人就成了好朋友。

再后来柳叔叔很少来兆阳家，听父母说柳叔叔被合伙人卷走了资金，最要命的是合伙人还和他妻子一起骗空资产，生意失败加上婚姻失败，一切来得突然。留下一个儿子卓然，卓然比兆阳小几岁，兆阳妈妈私下对兆阳说："你要多照顾卓然。"

几乎一夜之间从富豪变成了一无所有。换成一般人可能早就崩溃，柳叔叔没有逃避债主，一笔一笔还钱地兑现了自己的承诺，甚至连自己的别墅、奔驰都卖了还债。

兆阳爸爸几次请柳叔叔去帮忙管理公司，柳叔还是拒绝了。给柳叔自己凑了点钱投资，一起开了一个咖啡馆。为了代步就买了一个二手QQ，买来的时候已经开了7年，他把车从奔驰就换成了这两"Q7"。

兆阳依旧爱跑去和卓然一起玩，他受柳叔性格影响，经历了人生起落，人情世故总是能给兆阳很多经验。卓然比兆阳小不了几岁，性格活泼，大二的时候就辍学，典型想干就干的性格，各处旅游，玩够了之后就去法国学习摄影和电影。

学成回来，就去了上海，签约了一家电视台，为电视台拍一些旅行美食的纪录片。

核桃非常喜欢卓然的作品，而卓然也很佩服核桃的情怀和能力。两人一见如故，这次兆阳和卓然说起拍摄美食纪录片的事情，卓然一定要参与进来。

核桃很感动，因为兆阳把卓然请来根本都没有谈钱的事情，她也知道卓然算是顶尖的人才，不但在电视台有一档知名的节目的编导，更有自己的工作室。他几乎是放下自己手头的工作过来的。

核桃的节目很快就进入了拍摄阶段，为了庆祝开机，曹大林搞了一个小规模的PARTY，来了不少圈内名人和专业人士。

这样基本上五人核心团队，曹大林是总策划，核桃和默默编导，卓然是执行导演，而兆阳更像是制片人。每个人各有分工，麻雀虽小，五脏俱全。

兆阳作为合作投资人之一，把注意力都用在了工作上，一下子精神状态也不一样。人是需要事情来激励自己的。他作为90后却很有野心和商业头脑，说干就干的做事风格，他接手的五星酒店以来开发的创意菜已经成了美食界学习的案例。活跃于美食圈的各种活动，经常被授予各种奖项。

认识核桃之后，兆阳觉得自己变了很多，不再无所事事，做这些能让自己开心的事情,反过来说好像做什么都挺开心的。

"核桃,我觉得我和你在一起,每天都挺有意思的。"兆阳在核桃面前显得阳光,再也不是那个在夜店的公子哥。

核桃这次没有取笑他,"做自己喜欢做的事,人就容易开心。"

2. 美食背后的故事

兆阳给核桃打电话，他叫核桃和默默一起去一家小酒馆，说是谈工作的事，核桃嘴上答应，心里也不知道兆阳要搞什么鬼。

他们三人按照约定的地点时间，来到了一家非常不起眼的小酒馆。这家店很小但是装修精致，料理也很正宗，主要特色是各种酒，店里还有在本地的日本人过来光顾，在用日语聊天。这让核桃一下子回到了当年在留学的情景，在日本这样的居酒屋非常普遍，一下子感觉亲切了许多。

他们看了菜单，一面是日语，一面是中文，兆阳问核桃要喝点什么，兆阳熟练地点了几个小菜，再要了一杯清酒。

兆阳开始向核桃介绍起了这家居酒屋背后的故事。

老板姓任，这个任老板其貌不扬，家境一般，倒是出自书香门第，当年和老板伴娘搞对象，女方家里一致反对。中间经历多少压力和斗争外人自然是无法知道，被逼无奈两人私奔了。

两个年轻人背井离乡来到大城市打拼，从开饭馆白手起家，十年间任老板拥有了上亿的资产。

任老板和他爱人，用时间证明了当初的选择，时间一长当初强烈反对的家人也只能同意，渐渐取得了家人的支持。有意思的是，随后有一个台湾老板，以高价收购了任老板这家位于城市郊区的园林式酒店，而这对夫妻40多岁也就过上了退休的生活。辗转几个城市之间，在各处购置房产，上海北京杭州成都云南，还在日本京都购置了房产，不定期过去居住，闲云野鹤一般。

任老板也的确有过人之处。才华横溢非常厉害，在每一处都有不同的朋友，有作家，有酒鬼，有诗人，有吃货。

因为爱好美食，又在日本多年，就随性地回来在L市开了这个居酒屋，请了一直在日本学徒多年的中国人来主理。生意好不好其实任老板并不在意，只是在L市他能有一个招待朋友的地方，就如同是自己的餐厅。

听完兆阳的介绍，默默不住点头，心想不如拍摄一下这家店的故事，任老板这么有来头，这么有故事。"你的意思也是可以拍一拍这样的小店，是吧？"默默笑着对兆阳说。

"只是觉得挺有意思，带你们过来看看，你俩这么文艺说不定会喜欢咯。"兆阳尽力压抑自己的得意，"至于你怎么打算，我可不管。先吃饱了再说。"

默默朝着核桃使了个眼色，表扬兆阳："你的这个主意不错，认识你到现在总算做了件有意义的事。"

默默风风火火，随即招呼来店长，说明自己正要拍一部关于美食的纪录片，希望联系上任老板。

店长脸上却有些为难之色，不过从来很少打，他也不知道任老板现在在哪？

核桃也觉得这个任老板很有意思，直觉告诉她，这位"高人"对他们的记录片是一个关键人物。核桃客气地问："那我们怎么才能见一见任老板呢？"

"这样，你把联系方式给我们吧，我们自己联系去。"默默一点也不客气，直接奔向主题。

店长苦笑着又补充说："老板不一定愿意接受采访，他不愿意抛头露面。"

如何才能去说服他拍摄这一次节目，核桃和默默遇到了第一个麻烦。

店长给了默默任老板的电话号码，还说老板最近可能在北京，也不知道什么时候回来，其实也不用大费周章。

核桃明白店长的意思，就是尽量不要联系任老板，拍小酒馆你就拍好了。

核桃一帮人哪里会放过，这个居酒屋背后最有意思的就是这个任老板，她可不只是想介绍这么个居酒屋，她要通过美食，讲述这背后的故事。

核桃拿到任老板联系方式第一次给发了短信过去，非常客气。对方却没有回复，第二天核桃才打电话过去。核桃讲述了自己的来历和意图，任老板倒是非常客气，不过他说采访他店里的店长就可以了，自己也没什么说的，都是陈年往事，再说起来多少有点不好意思。

一定要说服任老板"出山"。核桃把策划方案简单写下来发给曹大林，大林回复道：JUST DO IT!

3. 艰难的说服

核桃这个姑娘看起来很柔软,却有韧劲,她认定的事,一定会付出极大的努力。隔两三天就会给任老板一个短信,希望他接受采访,对方明显冷淡,得到的是这样的回复:"不好意思,我实在忙,没有时间去。"

兆阳眼看着工作没什么进展,就帮核桃想办法。"当面谈谈可能会好一点,也显得我们更有诚意。"他建议要不要核桃去一趟北京,当面见一下任老板。兆阳还托在北京的朋友,可以帮忙约见一下任老板。这样一来事情的胜算又多了一份。

任老板本来交友广泛,自然也好打听。拐弯抹角真的就找到了熟人,

兆阳、默默和核桃决定起身一起去一趟北京。

来到北京事情办得比较顺利,在朋友代为联系下,很快约上了任老板。

兆阳借着办事的名义,找和桃核相处的机会,核桃每次都带上了默默,当然,默默也愿意当这个护花使者,他们晚上住在酒店,开了两个房间,谁知道默

默到了北京之后，自己找朋友玩乐去，这让核桃很郁闷，心有点慌怕兆阳晚上会来敲门，孤男寡女，最终他没有来。就这样度过了一个晚上。

"你可别想借着工作之便谈恋爱！"默默第二天一本正经地，拿核桃和兆阳开玩笑。

"核桃。你是不是有点失望了，我昨天晚上没有来找你？"兆阳避开默默的话题开起了玩笑。

"你……"核桃不喜欢开这种玩笑的，她已经有些了解兆阳了，知道他熟悉起来说话有些肆无忌惮。

"那你今天晚上找她去，来得及。"默默说完哈哈大笑。

"去你的吧，我不是那种人。"兆阳玩笑归玩笑，他不想破坏自己在核桃心里的形象，他是希望和核桃待在一起，却不愿意让核桃把自己当成"花花公子"。他想让核桃接受自己，喜欢自己，而不是简单地征服。从一打算来北京，兆阳只是单纯希望帮核桃的忙，并没有自私的想法。

他们总算见到了任老板。

说明来意之后，任老板有点为难，简单讲述了自己故事，以及现在的生活状态，他说正在帮朋友办一个展览，很抱歉一直没有时间见你们。至于不太愿意接受采访的原因，这家居酒屋就不值得一提，就是几个好朋友的聚会点。既然核桃都直接追了过来，为这个事甚至还拖了朋友说情，诚意已经摆在面前。

任老板却有他自己的打算，还特意请核桃和兆阳一起吃了顿饭，全是抱歉。

核桃觉得遗憾，也不知道如何再说服。兆阳和默默只能一直陪着核桃。

三个人离开任老板，默默安慰核桃：有什么了不起的，任老板的店不行，还可以再找别的。一面她私下问张春，有没有朋友能够帮忙，默默从没有让张春帮自己的忙，为了核桃她可以试试。

核桃不想这么快放弃，她决定继续想办法。核桃看起来很弱，总能够表现出来少见的韧性和坚持。

核桃在回酒店的路上，一直在想还有什么话没有说完，她拿起手机再次地给老板发短信，长篇大论：

"任总，谢谢您愿意见我们，也很感谢你对我们聊了这么多。你愿意开这个小料理店，是想让身边的爱人和朋友满意。对于更多的人来说，可以反思一下，小饭店是为了赚钱，可以换一个方式，先让朋友们满意，或者更容易做到更好。这个片子，我觉得只是这个目的，我就是呈现出一种可能。我觉得你的小料理店是一种人生状态。日本有一种'匠人'的精神在。就像纪录片里的《寿司之神》他们一直坚持把最好的实物和进食体验留给客人。一辈子只做一件事情，那就是做寿司。一件事情之所以能够成功，你必然是喜欢它，愿意不断去琢磨去研究，然后做出一些成就，良性循环，这件事情中受益了赞美和成就。或许这些成就在别人眼中并不起眼，却让人生满足。"

过了半天，任老板回了一个短信："谢谢。"回复那么简单，琢磨不透他的意思，让桃核有些失望了。

她做出了个让人惊讶的决定。核桃整整忙了三个晚上，厚厚的100多页的策划方案和拍摄脚本，核桃会画画，甚至画出了分镜头。当策划案放在兆阳面前，他不敢相信，短短的时间里核桃是怎么做到的。

"核桃，你也太神了，有这么详细的方案为什么不早拿出来啊。"

"什么啊，我也是和任总当面聊了之后才根据具体情况，做的拍摄方案，还是挺粗糙的。只是现在我很担心任总烦我们。"

"要换我以前，我肯定翻脸了，真难搞。"兆阳说出了心里的话。

"任总上次说要飞一趟法国，我想把这个方案，在机场找个时间塞给他，谋事在人，成事在天。"核桃早就想好了方案。

"行，我们就在机场等他，这样也没有拒绝的借口。"

核桃、默默和兆阳早早来到了国际机场，任老板却迟迟才来。

一看见他三人，笑着说："你们真是神通广大，不知道你们怎么找到的关系，好几个原本我都没有联系的朋友，找到我说要帮你们拍这个纪录片。谢谢你们这么抬举。策划案一定会认真看。我要赶飞机早点走。那边坐一会儿就走。"转头只说了一句："你们回去吧，我再考虑考虑。"

任老板笑了笑然后又说道："你们这个片子肯定不赚钱，纪录片从来就没有赚钱。不过你们做事情的劲头真的很让我感动。"

核桃从任老板的话里听到了转机。

兆阳还真是不在意钱,在这次他只希望能够帮助到核桃,哪怕是用自己并不那么喜欢的方式——砸钱。

送走任总的那天晚上,兆阳和核桃、默默决定大吃一顿庆祝一下。不管如何,这个事情总算是告一段落。

4. 幸福来得太突然

核桃就近挑了一个饭店,准备和默默一起过去。谁知道默默故意推脱,说临时有事不去了。核桃意识到默默有意撮合他们,不管她怎么劝,默默都说不去。

本来的"庆功"聚会,变成了情侣约会一样,兆阳还故意点酒。喝了点酒,开始和核桃说起来了一些有的没的:"你是第一个让我觉得自卑的女人,我感觉你似乎离我挺远。"

核桃笑着说:"我们不是离得挺近,你的自卑是因为你不了解我,你也不了解你自己。在别人眼里,你有钱,长得又帅,简直人生赢家。"

核桃继续兆阳开玩笑,"多少人羡慕嫉妒恨。"

"不说这些了。"兆阳轻蔑地笑了笑。

默默不在,核桃有点尴尬不知道如何收场,转移了话题:"你和你前女友怎么样?"

提起彦歌,兆阳有点失望:"感情是会改变的,离开她,我非常难受,再回头她来找我,忽然感觉所有的东西都变了,再也回不去了。"

"也许就是这样,感情其实挺脆弱的,我们没有在意的时候,就会消失不见。"

两人一边喝酒一边聊天,越聊越深入。兆阳似乎从来没有这样对一个人说过这么多心里话,而在核桃面前一切都很自然。

那一夜回到酒店,兆阳就住在核桃的隔壁,或者是在酒精的作用下,他想去敲核桃的门,他多么想过去抱住核桃,轻吻她白皙的脖子。从来没有对一个女人有那么强烈的亲近的渴望,看着窗外摇曳的灯光,兆阳忽然哭了,他想起了这是女朋友离开自己之后第一次伤心地哭出来。

他觉得自己不会再投入一段感情,就像心死了一样,对什么都不信,可是这一次和核桃近在眼前,却感觉隔着万重山。当一个人无法走进另一个人的心,那种苦楚和孤独,在这个美好的夜晚显得特别深刻。

核桃在另一个房间,内心也起了波澜,她从一开始误会兆阳,到开始对他有渐渐的好感,她觉得中间变化得太快。她心里觉得兆阳不是真正喜欢上自己,而只是当成了一个替代,或者当成了一个寄托和目标。她心里真正想要的爱情并不是这样。

两天之后,核桃意外接到了任老板的电话:"我看了你们策划方案,做得不太成熟,很多地方我也不满意。"电话这头核桃深深吸了一口气。任老板不同意——这个结果核桃基本预料到了。

"实在抱歉……"

"不过方案不完善的地方,可以改改……你们这么想做成这件事,对我也是个好事,我回来再商量怎么拍吧。还有,既然我答应了做这个项目,你们需要资金或者什么资源,都可以帮忙,我还可以给你们介绍几个做美食的朋友,一起来讨论一下……"

幸福来得太突然。核桃这边已经只会说谢谢。

她问任老板是什么打动了他,任老板说他最喜欢心里还有敬畏,还有梦想的人。

核桃差点哭了出来。

5. 试水成功

任老板说到做到，一周之后主动联系到核桃。还主动说服了妻子来讲述当年他们的故事。任老板的妻子优雅美丽，可以想象年轻时候风采，如今还那么明艳动人，让人不禁赞叹。难得的是两人相敬如宾，两人是大风大浪过来的，如今风淡云轻地过着生活。

说起以前的故事，在一旁的任老板基本不说话，安静地看着妻子回忆，眼神里全是温柔和爱意。

任老板辞掉学校公职不干，却要下海，1992年，四处借钱他们开了第一家酒店，老板娘全力支持。当时资金不够，老板娘又厚着脸皮回去问家里借了3万块钱，说是借，父母是不愿意女儿受苦。还得瞒着任老板说是自己以前攒着的，还有问自己好朋友借的。

任老板吃苦耐劳，头脑灵活，生意一直不错，各种业务越做越多。

任老板到了40岁，已经拥有了巨额的财富，和妻子商量说把手上的业务慢慢移交出去，移民也好，退休也好，只是想好好享受生活，做点自己想做的事情。妻子依旧支持，只要任老板决定的事情，她就不多说什么。

他们在日本生活，结识了一位中国留学生，跟随着日本师傅做料理，任老板经常去这家店，一来二去就成了朋友。要回国了，告别的时候老板娘就说，回国就吃不到日本师傅的料理了，有些不舍。说者无心，任老板却有了主意，就说等留学生回国了，就在国内帮他开个分店，这位留学生就是后来的店长。

任老板的故事使得这个看似普通的小小的居酒屋有了温暖和爱的味道。

不管"做什么事情，能让身边的人多一点快乐，你自己也能得到快乐。"任老板在片子最后憨憨地说。

第一支就这么拍摄完了，核桃把样片送给曹大林，曹大林看完半天没有说话。一根烟接着一根烟地抽。"你做的纪录片不像纪录片。"

一句话让核桃很沮丧，"你觉得哪里，还需要再改一改？"

"我没说要改，很好啊，我觉得你这个片子胜在故事。"曹大林忽然来了个360度转弯。"很久没有看到这么感人的片子。观众一定也能被感动，美食节目不在美食本身，背后的人文情怀才是灵魂的东西。我没有看错你，核桃你做得好。"

"你夸得我都有点找不到北了。"核桃真不是谦虚，从地上一下到了天上有点不适应。

"你就延续这种风格拍下去吧，这段时间也辛苦了，感谢你们的工作。"曹大林又找到了个吃吃喝喝的借口，聚餐的时候兆阳自然也被叫来了。

酒足饭饱之后，兆阳送核桃回家。核桃有点微熏，加上自己的工作受到了这么高的评价有点飘飘然，情绪很高。

"我真羡慕任老板和老板娘，为了爱做出那么大胆的决定。你说要被整个世界孤立起来是多么可怕的事情。"核桃忽然说道。

"要是换作我，我也不一定能做出这样的事情来，要是父母反对，我也不敢坚持下去。好在他们最后取得了很好的结果，真是一对了不起的人。"兆阳也不自觉地比较起自己来。

"是，我们都比较乖。哈哈。"核桃开起了玩笑，顺势摸了一下兆阳的头。

核桃一靠近，身上的香水味道加上刚刚喝了的葡萄酒香，两个味道混在一起显得更加妩媚。核桃有点醉意，把头扭向窗外，留给兆阳一个长发的背影。车窗外灯火阑珊，兆阳忽然有种幸福的感觉，他希望这条路一直开下去。就这样静静地待在核桃身边就足够了。

人生中有很多画面一辈子都忘不掉，这一刻的画面后来一直留在兆阳的脑海里。

6. 默默的反对意见

片子出来之后,默默越看越觉得有问题,她觉得现在做出来的美食节目故事大于内容,煽情到了有点滥情的地步,这让默默讨厌透了。既然是美食节目,就应该还原食物本身的朴实无华。这个想法就像一根鱼刺卡在喉咙里。

那边核桃还在积极地找故事素材,而默默这边发生了分歧。矛盾集中在了任老板的这一集的剪辑工作中。默默准备找核桃仔细谈一谈,为了增加说服力,他又找到了兆阳、卓然。

默默把兆阳、卓然,都叫到了核桃家里。然后把任老板的那一期节目放给了三个人看。"你们觉得怎么样?"

三个人都不说话,不知道默默想干吗。兆阳最先说话:"我觉得挺好啊。很感人啊。有什么问题?"

"问题就是感人以外,你记住了什么?"默默继续追问。

"就是俩人的经历很有意义,私奔感人啊。"兆阳回答。

"对，然后呢，其他什么都没有了。"

"你就说你什么意思。"兆阳有点不耐烦。

核桃、卓然觉得气氛里有点火药味，就没有插话。

"我想既然是拍美食就应该以美食为中心，几乎大部分纪录片，还有美食文章总是努力去找美食背后的故事，为什么不能把焦点放在美食上？我们的方向一开始就落入了俗套。"

卓然点了点头没说话。"那你的意思不应该出现故事？"兆阳也有点不高兴，本来一开始就是他的主意，更别说中间花费这么多努力。

"对！"默默斩钉截铁的回答，让其余三个人陷入了长久的沉默。

核桃安静听完默默的观点，没有着急反驳。

核桃知道默默这个决定意味着什么，相当于之前的工作都被推翻了。

"如果我们继续按照这个思路做下去，和其他的作品没有任何区别。"默默言辞激烈。

"那你又怎么肯定你自己现在的想法就是对的。"兆阳的抵触情绪最大也最直接。

"故事只是为了主题服务的，我们的主题就是美食，只说与美食有关的部分。"默默努力解释着自己的观点。"就拿任老板的这一期来说，只保留他们如何原汁原味地做日本料理。而任老板夫妻的故事只要提一句就可以了，根本不用任何镜头。"

"一个镜头都不留？"

"一个都不留。"

"那你太不够意思了,人家白白陪你玩了这么久。"兆阳显然不太认可,并且他觉得核桃一定也会不高兴了。

"默默说的也不是没有道理。"核桃沉默许久,她一直在思考着默默的看法。

默默受到鼓励似的,更加激动:"没错,为了最后节目效果,我想任老板会理解的。"

"行了,行了。真是的,说剪了就剪了,你这不是过河拆桥。"兆阳已经生气了。这事要是换作别人,兆阳必然要发飙了。

"你让我好好想一想。"核桃在考虑。

"核桃在内容把握上比我们更加敏锐。"卓然接着说,"我们总要有一个统一意见",他是兆阳的死党,也没有赞同也没有反对。

默默更加生气了,"得了,得了。你们爱怎么玩,怎么玩吧。反正我一个人意见提了也没用。"摔下这句话就走了。

核桃没有拦着她,对准备去拉人回来的兆阳说,"由着她吧,她没事。"话虽这么说,核桃脸上还是写着:不放心。

7. 兆阳又惹事了

默默生气就离开了纪录片的剧组,兆阳又惹事了,比上次还严重。核桃接到派出所的电话,叫她去接人,短时间内她心里出现了很多想法,估计又是一生气打了人——埋怨他怎么就不能控制一下自己——也奇怪为什么自己要那么震惊和急迫——又反过来想为什么总是想他打人了,要是他被打了呢?也不是什么好事。

在派出所先遇见了柳叔叔,柳叔叔是第一个赶过来的,柳叔看核桃着急就安慰说:"核桃别着急,没事,他人没事,这次不全怪他。"

核桃还是着急。柳叔叔原来已经找到派出所的朋友,了解了事件的经过。

警察就登记了一下,兆阳也没有事,就要人来接他走,临走警察还笑着说:小子,身手可以啊。

核桃看着兆阳满身是血,衣服也被拉破了,又担心又生气。

"你就不能成熟一点解决问题?每次都非得打架?"核桃开着车来接兆阳,一出门就质问。

"一言难尽。知道了,我没事,你不用担心了。"

第 4 部分 事业

兆阳笑呵呵地坐进车，他心里却是挺高兴的，知道核桃担心自己。

"你还笑？觉得自己很厉害吗？"核桃看到兆阳一副不在乎又得意的表情，更加生气了。

"核桃你错怪了，这次不全怪他。"柳叔叔也笑呵呵地，兆阳的父母没有在国内，卓然又和他们在一个剧组，柳叔叔差不多成了剧组的后勤保障，他也成了照顾兆阳最多的人。

美食纪录片要在一个郊区农场里取景，拍摄食材的镜头。当地几个地痞流氓过来闹事，说不许拍摄，要拍就得交 2 万保护费。没说几句话，双方就打了起来。流氓先动手，兆阳直接爆发了，刑警学院练的功底还在，直接给对面的流氓一记直拳，出手又快，对方倒地，鲜血直流。另外一个流氓反应过来，兆阳对着对方脑门又是一记右钩拳，接着脚一扫，对方就倒地了。拳击这种技术，非常实用。其他几个人看傻了，不到 1 分钟时间两人已经倒地。

几个人一起冲了上来，兆阳试图躲开，对方人员还是把他围住，剧组其他人也上去帮忙，接着就是一阵混战。后来有人报警，来了警车，小流氓闻声就逃跑了，兆阳也被带到了派出所。

核桃听完了事情经过，有点愧疚。都是因为自己的事，才闹成这样。的确不能怪兆阳，是流氓闹事敲诈。

"但是你可以早点报警，不用非得自己动手打架。你受伤了怎么办？万一人家有伤人的凶器呢？"核桃噼里啪啦地接着说，鼻子有点酸，眼泪在眼眶在打转。

兆阳没有再解释，平静地说："我本来就不是好人。"

核桃脑袋懵了一下，要是换成别人，或者这一架也没什么，算是意气用事，打就打了，是对抗流氓。可是，她对兆阳的误解却改变了她对这件事的态度。人们对自己不理解的人和事情，都会有一套自己的解释，却离客观越来越远，接着就是排斥、抵制和愤怒。

核桃想自己的态度无意间伤害了兆阳。为什么会有这么多偏见，开着豪华车的年轻女子容易被人误解为了二奶和情妇，而他就是被当成一个浪荡的花花公子。别人看不到他的努力，只是觉得做什么都不过是一个富二代。

当父亲劝他回去接管家族企业。上一段失恋的感情，让兆阳心灰意冷，好吧，他回去好了，一切都听你们的，多少有点"自暴自弃"的妥协。就这样吧，生活只是希望不要让别人不高兴，自己这样也行那样也行。

"懦弱吗，也许吧，又能如何呢？"兆阳不止一次这么想。

他渴望被了解，心里有那么多不甘和不满，渐渐有了坚硬的外壳，对抗这个充满偏见的的世界。再坚硬的外壳，心里柔软到不能让人触碰。一碰就会躲起来。

核桃把兆阳送回家，因为有保姆照顾，家里干净整洁。核桃态度改变了，她觉得应该对兆阳有新的认识。要把偏见和误解归零。

"没想到你还挺厉害的嘛，几个小流氓被你一个人几下就收拾了。"

"那是，你也不想想我以前可是差点成了刑警。"

"对不起，刚才我的态度有问题。这事不全怪你。"核桃看到兆阳的拳头伤口还有血迹，转头对家里的保姆说："阿姨，你帮找一下药箱，来，我给你处理一下手上的伤口。"

"不用了，没事，一会儿我自己弄一下。我知道你那是担心我。"兆阳心情很好。

核桃没有理会他，一人直摇头，核桃由生气变成了有一点心疼。

兆阳说："如果说上次打架只是一味冲动，这一次却是为了解决问题。"

"你就这样处理问题啊？"核桃一边处理伤口一边和兆阳说话。

"啊，啊，轻一点，轻一点。"一碰到伤口兆阳就假装着大叫起来。在核桃眼里兆阳也一点一点在变化，原先以为只是一个花花公子，在一次一次相处中，形象开始变得不一样。核桃想兆阳是个不错的男生，但是她告诉自己神智清醒，就全然没有往那一方面想。

阿姨拿过药箱，兆阳一看表："都下午四点了，留下来吃饭吧。"

"不用，一会儿我还约了人。"

"男朋友啊？"

"要你管那么多吗？"核桃说着用力擦了一下伤口。

"啊，啊，疼，轻点轻点。"

8. 醉酒之后的夜晚

兆阳对美食的纪录片拍摄工作投入了极大的热情，每一场都自告奋勇，这次要一起去外景，兆阳又自愿担当起了后勤的保障工作，连同核桃、卓然还有两个工作人员，他们一行五人就开着车出发了，一路上山路崎岖泥泞，且赶上下雨的天气，核桃一路上心都揪着，要是路上出事故真是够他们喝一壶的。

越怕什么就越来什么，车子经过一个小土坡，"扑腾"一声，陷进了一个水坑趴窝了。

"怎么了，怎么了？"车上一阵哄乱，坐在副驾驶的兆阳跳下车检查。

司机还想试试，发动汽车狠踩油门，架空轮子空转甩出一排泥水。

"不行，不行。"

车上一行人也都下车了，前不着村后不着店。"这可怎么办好？"核桃看着大家都没有什么主意。司机说要不叫救援吧。

"救援过来也得半天。"卓然躲在车里喊。

"都下车下车，核桃你去打方向盘，其他人下来推车。推出来就好了。"兆阳大声指挥着。

"推车？哪里推得动，还是等救援吧。"卓然还是没下来。

"别废话，下来试试啊。"

这样其他四个男士下来推，核桃一个女士在驾驶室里打方向。

"我数一二三，大家一起用力。"兆阳指挥着，"核桃你控制方向盘啊。"

"一，二，三，走你！"车子只是在原地打转。

"不行，不行。"卓然又喊了起来。

"再来吧，再试试。"兆阳转到轮胎后面最吃力的地方，"核桃你油门轰大一点。"

"好，我可踩了。"嗡一声轮胎高速转动起来，甩了正后方的兆阳一脸泥水。

兆阳也顾不上，大喊一声："一，二，三！"

大家在他的带动下，一起用力，"轰"地一下车子蹿了上来。

"好嘞！"大家一起欢呼，赶紧上车。核桃看到兆阳脸上雨水和泥水，赶紧帮着擦了一把。

好不容易到了目的地，发现住宿的是一个自建的小别墅。不过逃离城市加上旅途的艰辛，来到这深山自然别有一番风味和惬意。

他们拍摄非常辛苦，核桃作为大姐带领着几个工作人员，联系当地人，为了几个镜头他们跋山涉水，不辞辛苦。而兆阳特别体贴地跟着核桃，每次总是保护着核桃，给她送水还常常问她累不累，要不要休息一下。

那阵子赶上雨季，几乎天天下雨，都是泥泞的山路，又湿又滑，兆阳让核桃别去了。核桃坚持烟雨朦胧的镜头最美，他们还是出发了。

一行人穿梭在"雨林"中，为了一个好的取景点，在当地人的陪伴下，常常一走就是一天。兆阳像个孩子，显得特别高兴。他也是剧组里的开心果。一路上有点得意忘形。

"这空气真的太好了？你看那边还有瀑布。"兆阳看见小瀑布就跑了过去。一不留神，脚下一滑，"啪"一声直接滑倒了，摔了个正着。兆阳尴尬地快速起身，一抹身上的泥水，对自己和大家说："没事，没事。"大家哄笑成一团，核桃也是笑着过去赶紧看看，结果也是一滑，兆阳赶紧过来扶一把，结果两人抱着摔了下去。

落地的时候兆阳本能地用手护住了核桃，核桃没事，兆阳的手却受了伤，好在都是皮外伤不严重。没有骨折，就这么狼狈地回到剧组所在的农家院，拍摄也因此结束。

核桃一直陪着，心里挺过意不去，兆阳反而一直说没事没事，脸上老挂着笑。

剧组还得继续拍摄，兆阳因为受伤处于休息的状态。

拍摄很快就要结束，一行人的心情也放松了下来，唯独兆阳闷闷不乐的。那天晚上，老乡准备了丰盛的晚饭酒菜，热情的老乡只知道这几个人是电视台的，过来帮自己的土特产打广告，拉着他们就在外面的院子里喝起酒来。

老乡们轮流着给大家敬酒,几轮下来每个人都微醺了。

山里没有了城市的喧闹,空气也特别清新,夜晚还能看到满天的星星。几个人借着柔和的灯光,喝着老乡自己家酿的酒,说着玩笑话,气氛温柔。

兆阳觉得核桃今晚特别美,她听着大家的玩笑,微笑着。核桃看到兆阳在看他,就举起杯子要和兆阳喝一杯。别的同事看到核桃喝酒,就纷纷过来要和核桃喝酒。核桃躲不过,脸上已经开始泛红。

卓然还要过去和核桃喝一杯,兆阳忽然发作了,一把推开卓然,因为用力有点猛,本来瘦小的卓然直接摔倒了。兆阳也忽然意识到自己有点失态,直接过去扶起卓然,"对不起,对不起,别让核桃喝了,我替她喝行不行。"

卓然并不买账,直接打开了兆阳的手。核桃担心他们又打架,谁知道兆阳一把抱起卓然,嬉皮笑脸地说:"对不起,对不起,我和你喝个交杯酒赔罪。"

大家一阵哄笑,核桃也跟着起哄,说兆阳你能喝就得喝三杯,兆阳真就喝了下去,喝完了兆阳也跟着笑,卓然也就没有计较。

核桃恍惚又想起了当初第一次看见兆阳的情形,加上这几天的相处,觉得兆阳改变了很多。没有了原来的戾气,多了一份细腻和温柔。要是眼前这个兆阳是自己弟弟多好,他保留着一份单纯,又要装出一副什么都不在乎的样子。

想大家酒喝得七倒八歪,各自就回房间睡觉了。兆阳已经喝醉了,核桃反而还清醒。

"核桃，核桃，你别喝了，我帮你喝。"兆阳醉了还惦记着帮核桃挡酒。

喊着喊着忽然带着一点哭腔。"核桃，你别喝了，有我在，我照顾你，我照顾你。"语言混乱，却让核桃有点感动了。兆阳忽然抱着核桃，语无伦次："你知道我多喜欢你吗？你不知道，哈，你知道不知道都不重要。"说着就又笑了起来。

这一番话让核桃有点心疼眼前的这个大男孩。都说喝醉了酒爱哭的人心里苦闷，酒精会放大情绪，将心里的苦闷就外化了。

核桃扶着兆阳进了屋，边走边安慰："知道，知道，别喝了，我扶你进屋吧。"兆阳意识还算勉强清醒，只是脚底发软。借着酒劲话也密集起来。到了房间，兆阳就靠着床坐在地上，对着核桃说："你们都心里都瞧不起我，我知道，你看不上我，觉得我什么也不是，什么也不会，什么也不懂。对不对？"

核桃没有说话："你喝醉了，别发酒疯了，别胡思乱想，我给你倒杯水，喝点赶紧躺着睡吧。"

"你陪我坐会儿，就一会儿。"兆阳拉着核桃坐到身边。

核桃犹豫了一下，忽然很想抱一抱兆阳，她心里生出了一份怜爱。男人的魅力有很多种，强势的能力是一种，迷乱颓废也是一种，很多女人对后一种更没有抵抗力。这种近乎孩子气的单纯和示弱，更容易让女人心生怜爱。

核桃坐了过去，一只手伸过去抱兆阳的头，窗外温柔的星光透过窗户洒进了房间。两个人并排靠在了一起，兆阳侧身过来抱着核桃的腰，头靠在核桃身上。

核桃没有动，只是摸着兆阳的头发。

"别走，别走，核桃！"兆阳迷糊地说着。

兆阳站起来，抱起核桃忽然亲了一下核桃的脸颊。核桃推了兆阳一下，想跑，但脚像绑了两块大石头，不会动了。兆阳像得到了默许，准备轻吻核桃的嘴唇。

"别这样，兆阳，早点休息吧。"这次核桃躲开了，说着要站起身来。

兆阳拉住了她："别走，再让我靠一会儿。"

兆阳感觉到了特别少有平静和踏实，或许爱人的身体就是具有强大的魔力，就像一个拥抱，可以改变一个人的心情。兆阳享受这种感觉，加上酒精作用头开始发晕，不一会儿就睡着了。核桃也发现了兆阳已经睡着了，扶着他上了床，在他床边放了一杯水。

看着睡着的兆阳，他面容英俊，睡得很沉，可以听到轻微的呼吸，眼前这个大男孩其实真的很可爱，她忍不住多看了一眼。

核桃觉得自己这个想法太不现实，自己的心里这是怎么了，怎么忽然会有这样的想法，也许是相处久了吧？核桃还是在不断地为自己的想法找借口。

第二天醒来，兆阳已经断片了，不太记得昨天的事情。跑来看核桃怎么样，核桃一见到兆阳微笑着问："怎么样？你还好吧？"

"好久没有这么醉过了，昨天我失态了吧？有没有在你面前说错话或是对你怎么样？欺负你了没？"兆阳只是担心让核桃看到他醉酒的窘态，拼命地想从核桃嘴里得知一些蛛丝马迹。

"没有啊！你喝醉就睡了，没有失态。"核桃轻描淡写的说着，仿佛昨天什么事也没发生。

9. 坚持与妥协

核桃不是专制强势,却是个坚持自我的人,很难因为别人的意见而改变。

默默对于记录片的意见核桃一直在考虑,核桃没理默默,刚好让默默冷静了几天。

默默私下和卓然也讨论了这个问题,卓然建议还是不要在这种时候改变记录片整体的风格,默默说的问题的确存在,太重视故事反而变得俗套。"你真是人小鬼大,年纪不大情商倒不低,谁也不得罪,说了等于没说。"默默还是挺不高兴。

卓然笑着说:"你俩啊,分不开的,就是一个铜钱的两个面。"

这次默默没有轻易妥协,她觉得这样核桃才会认识到自己的问题。让核桃感动的是,曹大林找核桃,说默默私底下找他,说了很多纪录片的事,夸了核桃做得特别好。他们找了几个业内人士,开了一个内部分享会。会上很多建设性意见总结成了文件,曹大林特意送过来给核桃看看。"本来也邀请你的,默默说你全力拍摄，不要受影响，一来可以当预热，二来等你拍完了再来调整更简单一些。"

核桃没想到默默这几天在她背后搞了这么多"鬼"，不过都是为了她好，她心里比谁都知道。

核桃打定了主意，她先打电话找的默默。

"默默，你可以啊，暗度陈仓，在我背后下了那么大的棋？"

"不知道你说什么，你是不是良心发现，来和我道歉了？"

"不是，我是来表扬你的，做好事不留名。让曹大林送给我那么多意见。你知道这给我多大压力啊？"

"什么压力，大部分意见不是都很肯定，只是让你做一些小幅度的调整。"

"我是说你对我这么好，让我压力很大啊。"核桃笑了出来。

"你真是拐外抹角，我知道说服你大小姐太难了，所以只能让你听听大家意见咯。"默默解释着自己的初衷。

"我请你吃饭吧，给你精神和肉体上双重表扬一下。"

"打住打住，我最近要减减肥，刚好有时间运动运动。"

"你那么清闲，你倒好意思让我一个人忙啊。当面说吧，我找你去。"核桃说完就挂了电话，核桃心想既然这事有分歧，还是需要默默回来中和一下。核桃是直接去的默默的公寓。

"你真打算扔下我不管了？"核桃对默默也会撒娇。

"我也没有办法啊,我说什么也没用,待着有什么意义。"

"我知道你生气,这不是回来给你请罪了。"

"那你有点诚意好吧?"

"我很有诚意。我想好了,回去剪辑的工作由你来担当。"核桃一本正经。

"什么?你这是威胁我是吧,别以为我不敢。"默默哪里受得了激将法。

"不是开玩笑,我觉得你说的有道理,由你来主导剪辑部分反而是个很好的选择。"

"不行,不行。我哪里能干这个。我后来的确和曹大林说过这个问题,即使你不听我的,我希望你的第一部片子更优秀,我希望他来劝劝你,再让你想一想。"

核桃有点感动,默默虽然发脾气但是对事不对人。

"要我回去也可以,我看上了个包,要不你贿赂我一下?"默默很尽快转怒为喜。

"美女,你有点节操好不好,一个包就收买了。难度也太小了。"核桃已经忍不住笑了。

这些年她们两个吵吵闹闹,各自东西经常不分彼此。默默经常生气说不再理核桃了,大部分时候默默自己就妥协了,有的时候核桃回去哄一下,两个人也没有刻意去经营这段感情,以坦诚而轻松的姿态,处理了一个又一个矛盾。

默默回去剧组,请兆阳、卓然还有几个主创人员,一起吃了顿饭,核桃在饭桌上给足了默默面子,说后期剪辑的工作要由默默来主导,以她的意见为主。默默反而谦虚起来,说自己只是回来帮忙。

兆阳笑着说，姐妹情深啊！

一帮人没有因为意见不合而闹分歧，反而更团结了。

第5部分 重逢

1. 忘不了

核桃以前经常问自己为什么那么喜欢张浩,为什么一直无法忘记那段感情,得出一个结论就是不甘心。

核桃认定是张浩给了她写作的热情,也是这份感情,给了核桃那么不顾一切沉迷于写作这件事的专注。喜欢张浩,喜欢上了写作,打心底里认定非此不可,并在这条路上勇往直前。如果得不到张浩的肯定,她就是不甘心。

没有遇到张浩之前,学生时代的同学朋友大家都想着如何玩,核桃觉得没什么共同语言,也觉得他们有点幼稚,这让核桃觉得有点孤独。而遇到了张浩,他给了她打开了一个全新的世界,张浩懂得多,似乎什么都懂,聊得特别好。核桃可以把很多心事说给张浩,而且张浩都能懂并有积极的回应。张浩影响了核桃很多,比如,全身心投入一件事的热情。

核桃的父母工作了一辈子,问他们是不是喜欢这份工作也不见得。身边所有的人不过是为了生活去上班,去干一份工作。

张浩写诗,痴迷于文字,经常为了一篇文章如何写，两个人邮件来邮件去。张浩甚至可以为了一本绝版的图书，跑遍整个城市，一次又一次地去说服卖主。这一点打动了核桃。男女之间的感情，就是这么微妙，无意之间就埋下了种子，便开始慢慢发芽，最后一发不可收拾。

　　核桃喜欢上张浩，那是在日本留学，有大把的时间用来相思。张浩作为一个爱恋的对象存在，却又仅仅是一个对象，他们不能见面，却成了核桃的一个情感出口，一个重要的人。

　　就在核桃感觉自己遇到了最了解自己的人，张浩忽然不告而别，就像在核桃的心口上拉了一道口子，总觉得什么东西少了。张浩消失的日子，核桃还在日本，她多么想回去再找找张浩，可一想自己又有什么资格去找呢，或者他就是故意躲着。每每看到美丽的景色，遇见精致可口的食物，总会忍不住想到张浩，他常把张浩当成倾诉的对象，然后把这些写成文章发布到网络。

　　那段最好的感情就像放在了急冻冰箱里面，被封存了起来。

　　核桃回国工作以后，这几年间追求和示好的男人不少，却没有一个人能真正的走进她的心，让她有点疲于应付。并不是核桃有什么问题，一方面是工作占据了大部分的时间，真没工夫啊，一会转化成恋爱模式，一会又变成混乱斗争，真的很难。核桃觉得，办公室恋情这种都是烂电视剧里的情节，都是编剧意淫出来的。作为美食写手，从默默无闻，变成了小有名气，每天忙得打仗似的，"坑蒙拐骗"的同时赶赴各种商业活动，还要写文章。工作这几年谈过几个男朋友，但是却都是感情浓度很淡，仿佛是谈一场业务。

还有另外一点是因为张浩。核桃心结一直没打开。这段无疾而终的感情没有被核桃忘记，仿佛张浩随时可能出现，或者说张浩一直没有离开过。

受委屈时，核桃就会想起来，要是张浩遇见这件事会怎么办，他一定能想到办法解决或者化解压力。

核桃每一次恋爱都会把男朋友与张浩比较，核桃忘不了张浩，张浩在她自己的想象中变得越来越完美，他英俊，温柔，与人和善。这样的后果不管她和谁在一起，谈恋爱可以，再接着就没法深入了，再也找不到那种不管不顾的感觉。

2. 张浩的故事

张浩生长在 L 市，家庭背景也不错，父母都是公务员，虽说不上富贵之家，却也养尊处优。几乎很少有人知道他家里的变故，意外是在高三的时候发生的。

那天吃完早饭照例一家人匆忙出门，他爸急匆匆地喝了一碗粥就要走，记得说要赶去见某位领导。说起来张浩那天在窗户上多看了他爸一眼，车开得特别不稳当似的，张浩总有种不祥的预感。

下午张浩还在学校上课，他妈妈电话过来，告诉张浩赶紧去医院，他爸路上撞车了。张浩赶到医院，家里所有的亲人都已经赶了过来，奶奶看见张浩就抱着他哭。

从陆续赶过来的亲人和朋友的对话中，张浩隐约知道他爸车祸现场特别惨烈，一个醉酒的卡车司机，直接把他爸车撞飞了，当时救出人的时候腿上白森森的骨头都露了出来……

医院有人照顾，张浩回到学校继续上学，他妈让张浩安心准备高考，这边不用太担心，话虽然这么说，张浩心里自然揪着一直放不下。

再去看他爸时，正在和她妈吵架，医生建议截肢，他爸不同意截肢，而母亲正在拿着医生的话劝父亲，如果不截肢就会有生命危险。他爸没法接受自己下半辈子残废的事实。

他爸最后还是妥协了，少了一条腿，把怒气撒在了他妈身上，逢人就说是他妈害了他，要是坚持不动手术，自己或许也不会成为残废。

这场车祸毁了张浩父亲健全的身体，也毁了这个家。货车司机是个光棍根本没有钱可以赔，连保险也没交，根本拿不到什么赔偿金。司机家里还有一个需要人照顾的老母亲。司机被判了刑，两个家庭从此改变了。张浩的父亲治疗花了不少钱，出院之后成了个残疾人。原来单位也找了个借口，安排他回了家，每月只能领取救济金。

父亲的话翻来覆去就是那么几句，就是张浩他妈害了他。他妈在家里受够了他爸的怨气，整天愁眉苦脸动不动就吵架，也跟变了一个人一样。为了生计，还不得不出去工作。她妈开始整天不回家。这段时期，抑郁的家庭氛围，把张浩从原本阳光少年变得更加沉默和孤独。

张浩在学生时代是公认的校草，很受女生欢迎，那时就有一个女朋友。女朋友是条件最普通最不起眼的一个，当他们手牵着手出现的同学们面前，大家都很意外，以张浩的条件似乎应该有更漂亮的女朋友。长得普通，家境也很普通，她却一直无条件地喜欢着张浩，无微不至的照顾感动了张浩，或者是让张浩习惯了有她在身边。

一到学校，女朋友就开启了家务模式，帮张浩买饭，洗衣服。天天给张浩买早饭午饭,而且都只买张浩爱吃的。女朋友就帮张浩洗衣服,每次都把时间算得很准,帮张浩照顾得很好。

每次周末他们一起回家。女朋友也不多问张浩家里的情况,只是笑呵呵地拉着张浩的手给他讲讲自己听来的笑话。

张浩的话却一直很少,更别提能对姑娘多好了。有一次他们两个一起骑自行车回家,张浩忽然别着她的车,姑娘就摔倒了,姑娘过去准备质问,张浩先开口了:"你没看到前面有条沟吗?"

"你干吗不说一声,直接别倒了我。"

"你知道我不爱说话。"

这样外人看起来冒傻气的理由,姑娘即使摔倒了,听到这样的答案心里却洋溢着幸福感。她努力在收集和捕捉张浩对她的爱,她觉得这就是张浩为了她好。

姑娘以张浩为荣,在学校里大大方方,学校老师觉得不影响成绩,也不影响别人,自然放任。她甚至还带着张浩回家,张浩长得又帅,学习成绩也好,很讨父母喜欢。姑娘的父母问起来张浩家里的情况,张浩憋了半天不说话,生气起身就走了。姑娘追过来还一直给他道歉。

高考时张浩和女朋友约好了一起考上海的大学,按照两人的成绩,应该问题都不大。可张浩却发挥失常,差了10几分,而女朋友顺利地考上了。

张浩把自己锁在房间的床上,他每天醒来心情都巨差无比,觉得这一天都不愿意见人。不管怎么劝,张浩还是很难过。

"没事的，你再考一年就是了。"这话张浩听了不知道多少遍。

任何安慰，都要靠自己去吸收，只是不同的人说有不同效果。女朋友那时候这么安慰张浩："浩，你不是给xx大学录取了？那就先去玩一年，完事你回来再考上海去好了？"

第二志愿随意填了个二流的大学，被录取反倒可以过去见识见识，也不耽误来年重新高考。

张浩父母也同意，其实是没有精力来管他，倒是他的女朋友帮着他在高考复习班里报名，而大学报名的那天，也送张浩去了大学。

张浩心里还是抑郁的，大学给他的印象是无聊的。女朋友经常打电话过来关心他，还给他邮寄生活费。半年时间之后，张浩退学了开始复习，准备重考。谁知道第二年还是没有考好，比第一年更差。张浩这次反而解脱了，再也没有继续复习，随便找了一个大学就填报了志愿，拿到录取通知书的那一天，张浩妈妈和爸爸意外地准备了一顿丰盛的饭菜。

"浩，对不起，爸爸妈妈要离婚了。"张浩的妈妈先开了腔，"其实我和你爸爸早就商量好了，等你上了大学，我们就告诉你。"

"孩子，你现在也是成人了，你可以选择和爸爸住，也可以和妈妈住。"他爸带着一点哭腔，声音都哑了。

"我们不是说好的嘛，张浩过去跟我住。老王也同意了。"他妈妈忽然生气了。张浩一言不发，接着就是习以为常的吵架……

张浩感觉像是多余的人一样,只是坐在那里苦笑。

第二次再来到大学,不过这一次去的是上海。还和女朋友同居了。姑娘依旧无微不至地照顾张浩,张浩在这段时间竟然胖了起来,原来只有60公斤,慢慢涨到了75公斤。细心的姑娘还把家里弄得干干净净,张浩和姑娘同居的日子里开始觉得有了久违的家的味道。

相处时间长了,张浩就开始看不上姑娘,觉得他不够漂亮,老是围着自己转,嘲笑她又笨又土。

姑娘最终没法忍耐,提出分手,张浩没有挽留痛快分手,此后他们再也没有联系过。

后来从朋友口中了解到,姑娘很快认识了同公司的司机,没过多久就结婚了,还生了个可爱的女儿。张浩很生气,觉得自己还不如一个司机。

张浩他知道比初恋女朋友好看的姑娘到处都是,开始了自己的风流历史,他每三四个月换一个女朋友,时间长了很多上过床的女人自己也不记得了。张浩对女人有了一种讨厌,女人无一例外是势利眼,好的时候对你什么好听的都会说,一旦分手了比谁都狠心。

张浩身上有一种孤独的气质,当然前提是张浩长得好看,或者是被人嫌弃的状态。张浩眉目清秀,瓜子脸戴上一副金丝眼镜,有点像韩国明星裴勇俊。

这种孤独的气质,让很多女孩子着迷,当不了解一个人而产生的想象一般都比较容易让人着迷。

张浩什么都无所谓了,他像是解放了天性一样,变成了一个及时行乐的浪荡公子。他组乐队，给杂志写乐评，在校园里小有名气。毕业后找了令人羡慕的工作，身边的女朋友一直换。他来者不拒，为的是身体的空虚，或者也是心里的空虚。所有的关系维持不长，甚至很多都是一夜情。他证明了自己的魅力，又觉得无聊。

张浩和女孩们在一起的时候，说一些甜言蜜语，越来越熟练。一个人的时候，却寂寞地不想出声。他经常做同一个梦，梦见了初恋的女朋友，在梦里对张浩说："我尽力了，可是我实在做不到你想要的样子。很抱歉。"说完就转身走了。张浩边追边说："你有什么了不起。比你好的人到处都是，你什么都不是，我根本不在乎。"

看着背影越走越远，张浩努力追："别走！别走！"然后梦里出现父母吵架的声音，掩盖了他的喊声。他捂住耳朵，声音还是往耳朵里钻，接着噩梦就醒了，一身冷汗。

3. 久别重逢

核桃回国之后也打听过张浩的消息，可张浩忽然就消失不见了，故意躲避什么似的，当年杂志社的人也没有能联系到他的人。这让核桃非常失望，相互喜欢的两个人说不见就不见了，她怎么也接受不了。

有的人相遇然后分开，这一辈子就再也不会遇见，有的人十年，二十年过后还会在某个地方相遇。人生就是不同人的发生关联。

再次见面的场景一点也不浪漫，是张浩故意安排好了。核桃作为被邀请去做个节目，美食作家谈一谈对某热点事件的看法，在节目间隙，看到了在一旁抽烟的张浩。张浩现在已经成了电视台的编导，负责着一个小有名气的谈话栏目。

两人眼神相遇的那时刻，核桃和张浩都愣住了，彼此都不知道该如何应对。他们意外地相遇，让张浩先缓过神来，他走了过来，笑得亲切自然，主动和核桃打招呼。

"嗨，你来了。"

"嗨，你好。"核桃有点克制不住自己的激动，

"你怎么在这。"

"我一直就在这。"张浩看到核桃在预料之中,在邀请嘉宾名单时,张浩就知道了核桃要来,只是没想到录节目录到一半就遇见了,本来打算等节目完了,正式地见面。不过张浩心里也有点忐忑,他怕这么多年不见的人,这样的"惊喜"核桃是不是能接受。

"这边上有家酒吧不错,你也忙一天了,要是不赶着去约会,我们一起喝一杯?"张浩试探性地礼貌邀请。

"恩,约会倒是有,不过既然张总想要潜规则我,等我录完节目,我们喝一杯。"一个工作人员喊核桃继续录节目,核桃有点不舍,张浩笑着挥了挥手,示意她赶紧去。核桃身体有点僵硬似的,想一把抱住张浩,可是人太多了,加上还有工作。一下子回忆从当年的大学生回到了电视节目的嘉宾。

她多想张浩能给自己一个拥抱,可是他没有,所有的心理活动转化成了脸上一个微笑:"一会儿见。"

张浩知道这温柔的笑容里面还有一些隔阂,这是一段他们两个人才懂的曲折。曾经亲密相爱的两个人,总是还有一种默契,很容易懂得对方心里的想法。

节目下半段,核桃有点心不在焉,说话明显少了,好在还有其他嘉宾在场,核桃就混了过去。核桃此刻最在意的是张浩会和他说什么,为什么就忽然消失,为什么又出现在这里,发生了什么,张浩欠着她一堆答案。

核桃开始幻想自己一会儿抱着他痛哭,说这几年有多么想念他。然后张浩抱着她说对不起，他们最后拥吻在一起，像一对吵架过后的情侣。可是情况不是她想得那样，他们两人都显得理智冷静。

约在了电视台边上的一家小酒吧，夏夜的微风让人神清气爽。他们坐在了酒吧的露台上。

"我们的美女作家这几年真是越来越漂亮了，不过你今天的看起来有点紧张。"

"我一直容易紧张。不过这样的节目也没有太多人看，已经习惯了。倒是张总忽然出现，让我惊讶啊。"核桃今天心情挺好的，开起玩笑。

"一说话就知道你没变，还是那么好玩。"张浩点了根烟，递给核桃一根，核桃接了过去，放在桌子上没有抽。想起了因为张浩自己才学会了抽烟，当年觉得他什么都那么帅气。

"好玩？你忽然消失，又忽然出现才好玩，你是不是有挺多话要说的。"核桃回应。

张浩吐了一口烟，看着核桃。

"也没什么了，都是些陈年旧事。"

"啊，恩，那我就不问了，你说吧，我听着。"核桃巴巴得等着。

张浩继续说着："前几年我和朋友一起创业，投资人给我们一点钱说要搞一个有声书的网站，我来负责内容运营。刚开始网站还不错，我签了不少名人的书，也拉了几个广告，都准备搞更大的融资计划。另一个朋友和投资人开始闹矛盾，两人经营意见也不统一，人心涣散。为了抢版权钱倒是烧了不少，我们每个人都借了不少钱，网站人气越来越差。因为所有精力都在网站上，杂志社的事基本没管，干脆辞职，创业彻底失败留下一屁股债。那段时间整个人都处于颓废状态，也没有脸再见你。不过我有关注你的文章和动态，看你发展得不错，我一直都挺看好你的。"

张浩说得轻描淡写，核桃知道张浩一定经历了痛苦，能说出来的只是冰山一角。

"我找过你，试着再联系上你。可是你单位的老同事只说你离职了，也不知道去了哪。我觉得你有事应该说一声，被突然消失了。"核桃也藏着自己的不满。

语言背后往往隐藏着巨大的信息，一不小心就会触礁。

张浩沉默了，不再解释。他知道这个时候解释是多么无力。其实张浩心里明白，对于当年的风头正劲的他，自然不会太在意一个留学小姑娘对自己的崇拜和爱慕之情。今非昔比，当年的小姑娘，如今已经长成了魅力四射的女人。

核桃或者自己都没觉得自己这几年的巨大蜕变，她眼前的张浩还是停留在当年那个令他崇拜和佩服的张浩，喜欢一个人就会从心里把他留在美好的记忆里，这个形象很难改变，除非出现另外一个你喜欢的人，这样才能重新客观地来回头观看这个人的优点和缺点。

一段沉默之后，核桃先举杯："不管怎么说，来，祝贺我们又重逢，干一杯。说说你怎么会出现在这里。"

张浩也举起杯子，眼睛里充满了温柔，张浩慢悠悠地说着："创业失败，为了偿还债务，就经常接一些私单，写稿

第 5 部分 重逢

来钱实在太慢，我就会接拍一些企业宣传片，广告片什么的，机缘巧合，拍得东西还能让大家看看。接着就被电视台招安了，做了一个编导，给台里干点活。知道你最近也在做美食纪录片，有什么需要我帮忙你就不耻下问。"

"先谢谢张导。"核桃笑眯眯地看着张浩，仿佛想起当年张浩指导自己写美食专栏一样。

核桃的电话响了，是默默，默默电话里追问："你在哪？我想找你说说话？一会去你家吧。"

"好，我一个小时后会回家。"核桃预感默默肯定有什么事儿，赶紧答应。

"你有事先回家，记得到家告诉我。"张浩体贴地提议。

这次见面就这么匆忙结束，但对她俩来说，是又一个开始。

4. 默默的情感顾问

核桃赶回家,默默已经在她家门口等着。核桃心里猜想默默多半是因为张春的事情。默默和核桃就是这样,会意见不合,甚至会吵架,有什么事情还是第一个会找对方。

默默说张春正在离婚,她不知道该怎么去帮张春,"有什么不好的事,也要可以一起商量办法。他什么也没说,只说自己正在办离婚。希望和默默一起生活,要给默默一个交代。"

"你们原先没有谈论过离婚。"核桃不知道内情。

"我们都没有提,但是他知道我想,我也不愿意逼他离婚,所以一直就没提过这事。"

"那应该是他成熟考虑过了,对他来说也挺不简单,放弃一切要和你在一起?"

"我也不知道,这个时候我都有些不敢去想他的心情。我只是希望他好。"默默骨子里还是个小女人,她希望被人疼爱,希望过幸福的家庭生活。可是眼下面对的问题,她显然并没有自信去解决。默默继续说着:"我不想破坏他的家庭,但是又很想和他在一起。我越了解他心里的苦,就越清楚,我更合适张春。"

核桃喝着咖啡不再说话。开口打破了长久的沉默:"你还要加点咖啡么?"

"不用,我也不知道我们会走出什么样的结果,现在什么都敢不想。你帮我出出主意,我现在怎么办好?"

默默从来没想过当这事真在面前,自己会陷入这样尴尬和无奈的地步,她才明白,那些选择离婚的人,需要很大勇气的,要面对的指责还有自己内心的不安。

默默说和张春在一起有一种踏实的感觉,以前所有的恋爱她都非常投入和充满激情,但是从来没有一次像这次一样,觉得自己生活向着好的方向,开心而且觉得自己越来越好。她觉得这一次有了想要结婚的念头,拥有一个属于他们的家。

"我也没有逼过张春,我心疼他。"

"如果是要离婚,对你来说这应该是好事,你也算胜利在望了!"核桃开玩笑地说。

"别闹,真的,我一点也高兴不起来。"

"这个事情你是没办法控制的,只能等着他去解决,如果有什么就一起面对。对不对?你现在担心再多也没办法,如果不放心就多关心一下他。"核桃这么劝默默。

"恩,你说的对。"

两人很舒服地靠在沙发里,抬眼看一眼窗外,感觉今天晚上的夜色特别美好。两个人却有着各自的苦恼。感情是生活的一部分,却是至关重要的一部分,可能会改变生活走向。

"我又遇见了张浩。"核桃也没有隐藏自己的心事。

"啊,真是冤家路窄。他又找你了?"默默关心地告诉核桃,"那富二代呢,你又两难了啊?要我选,我觉得张兆阳对你不错,比张浩靠谱一些。"

"你选什么,还你选。哈哈。"核桃哈哈大笑。

"真的,和你认真说呢。"

"我都选不了,你选?人家也没说让我可以选啊。"核桃自嘲。

"我还不了解你,不过多个选择是好事,你啊,别看外表聪明,内心里还是住着一个痴情的小'公举'?"默默佯装生气,取笑着核桃。"你说咱两命咋都这么苦呢,感情路就没有顺利过。"

核桃反击:"你还说我,你好自为之。不想这些了,我就想着赶紧干活。或许就是那句话,都是当局者迷,旁观者清。我想把车给卖了,越来越不爱开那车了,忙完这段赚钱了,再买一辆。"核桃轻描淡写地说着自己决定。曹大林给的经费已经超支了,核桃为了拍摄要筹集一点钱。这个困境核桃对谁也没说。

"嗯,换吧。你这样,放出风去,要是张浩和兆阳,谁给你买个车,你就选谁吧?要是两个人都买了,你就选贵的录取吧。"默默认真地说。

"去你的。"说笑着假装要把沙发的靠枕给扔过去。

过了几天，核桃忽然接到一个陌生电话，说自己是张兆阳的司机，让她下楼一趟取一下东西。

核桃莫名其妙地下楼，以为是送什么吃的？楼下停着一辆保时捷。就是张兆阳常常开的那一辆。

"老板让我给你送钥匙，我就给你开过来了。"司机微笑着说话。

核桃第一反应是搞什么，不过还是有点惊喜，冷静下来她觉得还是不能开这个车，他给兆阳打了个电话。

"我说张公子，你给我车干吗？我也不是你司机啊。"核桃一上来就质问的口气。

"你不是想要换车吗？我这车你先开着好了。"张兆阳语气平淡，仿佛只是很小的一件事。

"一定是默默告诉你的吧，这个叛徒还真说了。"核桃嗔怪着。

"有车还是方便一点，反正我还有别的车。你要喜欢你就一直开着。"张兆阳露出了一点点得意之色。

"我可不想当你司机，这要是开着你的车，还不得24小时听你召唤的。我也不拿你工资啊。不用了，再说我上班也不远，不开车都行。谢谢，我下午给你开回去。"核桃尽量拒绝得坚定而委婉。

默默一直希望核桃和张兆阳在一起，他们"郎财女貌"，高富帅迎娶白富美，样板一样的幸福人生。张兆阳的好是很明显的。默默有时候想不明白为什么核桃不愿意接受张兆阳。默默会偷偷给张兆阳帮一些忙,比如告诉他核桃最近的动态。

"你等着,我来收拾你。"

核桃指责默默的"汉奸"行为。

默默假装生气,"你干嘛不要,人家一番好意。"

"默默啊,你就别给我添乱了。"核桃自己清楚。

5. 哪有人不受伤?

　　核桃第二天开着车就去找兆阳。把车停在了楼下，给兆阳打电话。

　　"真是难得，你怎么来了，我马上出来找你。"兆阳一听是核桃，挺高兴的，心想看来不管什么女孩子，没有不接受别人对她好的。

　　一见面核桃就把钥匙递给兆阳："你可真是霸道总裁作风，说风就是雨啊。我来把车还给你，你就别给我找麻烦了。"

　　"原来这样，这有什么麻烦，你要是开不习惯，我哪天陪你去看看别的车也行。"兆阳失望了，看来核桃还是不一样。"我听默默说你原来的车有点问题，送去卖了。我想你最近工作也挺忙，跑来跑去，先用我车，回头我们再去买别的车吧。我也没别的意思，想你有个车方便一点。"

　　"兆阳，我知道你一片好意。心意我谢谢了，可我不想别人误会我什么。还给你。"说着硬是把钥匙塞给了兆阳，说着要往外走回家。

　　"这有什么误会啊，别人乱说话你在意那些？"

兆阳说着就起身来追核桃。"那你怎么回家，我送你吧，这会不好打车。"兆阳招呼核桃上车。

"你忙你的吧。"

"等我，等我。"兆阳就追了上来，两人一起出了公司。上了车兆阳有点不开心，沉默了好一会儿才说话，"核桃我们认识这么久了，我觉得你就没把我当朋友。"

"瞎说什么，真不用你车。"核桃笑着对兆阳说。

"我觉得你老瞧不上我，不管我做什么都不对，各种拒绝，你让我觉得我自己糟糕极了。"

"那你说说朋友应该什么样？不开你车，我是不希望别人误会我们什么。"核桃解释着。

"你就这么在乎别人的看法，那你在乎我吗？"兆阳情绪开始有点激动，"你都不知道我有多喜欢你，核桃。"

"打住打住……"

话没说完，兆阳停好了车，忽然握住了核桃的手，整个人转过来扑向核桃，桃核想躲已经没有地方，兆阳强吻了核桃。

核桃挣扎着用尽全力推开喝止兆阳："别这样！别这样！"

兆阳没有听核桃的，核桃甩手一个耳光，"啪"打在了兆阳脸上。

"张兆阳，你成熟点行吗？就这点出息？"核桃真的生气了。

兆阳不意外，他知道核桃发自内心地抗拒他，愣在车里。

核桃开了车门自己就下车了。剩下兆阳的车一闪一闪的车灯，仿佛哭泣的眼睛。

自从张浩再次出现，核桃和兆阳的关系也发生了一些微妙的变化，核桃有意地疏远他。核桃在想到底应该怎么和兆阳相处下去，他好几次想打电话给兆阳，说一下自己和张浩的事情。又不知道怎么说出口，她知道兆阳敏感，他不想看到兆阳伤心。另一方面核桃也内疚，要是一直不说，这样也算是暧昧，暧昧这件事对兆阳可能是更大的伤害。

核桃想来想去，还是决定采取了直截了当的形式。

上次打了兆阳之后，她俩好几天没联系了。核桃打电话给兆阳，兆阳很快就接了。

兆阳一接电话就说："我早就想给你打电话，对不起那天在车上的事儿，怕你还生气。"

核桃说："没事，我没生气。我也不该动手，我应该和你说对不起，我有别的事情要和你说。"

兆阳："行啊，看样子是要当面说，我请你吃饭吧，你定时间就行。算是给你正经道个歉。"兆阳不知道哪里来的预感，他觉得这事反而是个好事，他觉得至少说出了他自己的感受。虽然核桃表面上生气了，但说不准心里也高兴呢？

上次默默就是这么给兆阳提点的，默默她私下提醒自己，要对核桃再好一点。兆阳心情愉悦，越想越高兴，一早就准备了鲜花和礼物，他觉得自己和核桃的关系又近了一点。

一来饭店,核桃看着兆阳兴高采烈的样子,又说出不出口了。

服务员给他们送上了菜,核桃很小声地说了一句:"兆阳,我有男朋友了。"

"嗯?"

"我交男朋友了。"核桃又重复了一遍。

核桃理解兆阳,他不会太过外露,有什么感受都会憋在心里。根据核桃的理解,他一定为了面子硬扛着,也不愿意让核桃看出来什么。那种心境就是他一直以来生存的一个壳,他不会让人轻易击穿。不管是温暖还是寒冷,这个壳就把一个人很好地保护起来。

核桃也能理解兆阳对自己的一片真心,他慢慢在核桃面前把壳一点一点地脱下来。可是在这个时候,核桃要离开他了,喜欢的是另外一个人,一句"我喜欢上别人了"就像一把刀,刺进了刚刚要脱掉壳的张兆阳的心里头。没有保护,也没有抵抗,直击要害。

兆阳愣了一下,手上的动作也停了,那天他们吃的是西餐,是核桃很喜欢的一家餐厅,除了音乐声,边上人们也在开心地聊着,而在这一刻,兆阳好像掉进了一个黑洞,边上的一切都变得和他没有关系,那一刻他停止了时间,脑子飞速旋转。

"要冷静,要理智,她说什么,有男朋友了,我竟然不知道,没有发现。我以为这个人会是我。"他心里有一个万个问题,一出口却变成了另一句话:"哦,你不要用这种借口来搪塞我了,你不喜欢我就直说,我以为你一直有男朋友,怎么才有男朋友。"

冷血,故作幽默,一说出来,看都不看对面核桃的反应,继续吃饭。

核桃听到兆阳这么说,心情变得轻松了一点,她甚至怀疑自己是不是太自作多情了,自己根本没有那么重要,对吧。或者她不知道眼前的这个小自己那么多岁的年轻人,她并不了解。核桃想起自己这个年纪似乎也是什么都不在乎,她当时就是那么喜欢张浩,也没有说要想着和张浩天长地久。心里最重要的是感情,却不知道如何去经营这份感情,感情就是全部,却不知道如何表达。

"你怎么也不问问,我们很早就认识了,最近才碰见。"核桃没有说太多。

兆阳不是不想问,只是最重要的信息是核桃有男朋友了,说明他失败了,在追求核桃的路上完全没有走进核桃的世界。他以为核桃会喜欢自己,结果却没有。他一度以为自己只要想要的女人,争取一下就能得到。他也能感觉到核桃对自己的好感,难道她的好感都是装出来。还是说成熟女人太能伪装。想到这些让兆阳很泄气,开始有点伤心。

"你在想什么,发什么呆,要不要再点菜,你不喜欢吃这个可以换别的。"核桃不知道说什么好,"你不会是因为没机会了伤心吧?放心吧,你也会再遇见更合适你的女孩。"

兆阳不想示弱,"得了吧,哪天一起玩,带给我看看,认识一下,还有叫上默默姐。"兆阳表现得丝毫没有情绪,大方到核桃有点怀疑。

"还得祝贺你一下?"

"这顿饭我请吧,就算是庆祝了。"核桃看到兆阳比较轻松,原来兆阳比她想象得要成熟很多。心里多少也好受了一点。

核桃心里想向能开玩笑就是没事。近来两人过分亲近的举动,怕让兆阳有所误会。而核桃吃这一顿的目的只有一个,那就是希望让兆阳不要再抱希望。不暧昧也是感情里最大的善意。这种善意兆阳心里也明白,这个时候伤心难过已经掩盖了他的其他的情绪,这一顿饭吃得索然无味,他刚看到一点希望就这样没有了。

"哦,好的,到时候我来叫他们,不过你赶紧找个女朋友,到时候也带来我看看。"核桃不想再让兆阳难堪,想说个笑话缓和一下开始有点尴尬的气氛。

"好,不想吃饭了,我一会儿还有点事想早点回家。"听到兆阳这话,让核桃鼻子一酸,她确定他在逞强。

"你有没有什么不舒服?"核桃关心地问,忽然内心里生出了一份怜爱,他马上甩甩头,告诉自己不要胡思乱想,她喜欢的是张浩,不是眼前的兆阳。

饭吃了一半,他们就散了。

"要不我先送你回家吧?"兆阳说不用送,她想可能多陪兆阳一会儿,可能会好受一点。

"不用了。我一会让我司机接我一下。"兆阳从来都不愿意示弱。

"跟我走吧。"核桃有时候不容别人意见，拉着兆阳就下了停车场，上车之后变得很安静，两人都不知道说什么。核桃知道兆阳肯定伤心了，只是不愿意让她看出来，可是情绪低落明显得写在脸上。兆阳一直在想怎么维持下去这个场面，好在车里两人眼神不用对视，装作什么都没有发生就好了。

"不管你交不交男朋友，我俩还是朋友吧。"兆阳说了一句没头没尾的话，后来核桃才明白正是因为这句话，兆阳才选择继续留在核桃身边。太多感情以朋友的方式存在，一方在装傻，一方在骗自己，说我们不过是朋友而已。这是兆阳为核桃做的。

"当然。"核桃没有说别的，忽然眼角要流下眼泪来。她总告诉自己要坚强，要爱就爱，要恨就恨，可是面对兆阳，她现在觉得满心的愧疚。以前她总是笑话默默，你怎么这么容易就喜欢上一个人？就像她自己永远理智冷静一样。有的人或者会说轻浮，有的人或说情感丰富，感情的事情哪里那么好控制。就像现在明明自己很伤心，很想抱着兆阳说："我也喜欢你。"可说出来却是无关紧要的话。

兆阳住处很快就到了，刚停好车，兆阳从副驾驶转过来，忽然抱住了核桃，在耳边轻声说："我会一直在。"

核桃愣了一下，也抱住了兆阳。

"我要回去了。"兆阳说完没有看核桃，转过头去，就下车了，他不想让核桃看到自己的眼泪。

核桃看着兆阳快步就回了家，她一个人发动汽车也回家了，车的收音机里放了一首歌：

> 我的青春，也不是没伤痕，
> 是明白爱是信仰的延伸。
> 什么特征，人缘还是眼神。
> 也不会预知爱不爱的可能。
> 保持单身，忍不住又沉沦，
> 兜着圈子来去有时苦等。
> 人的一生 感情是旋转门，
> 转到了最后真心的就不分。
> 有过竞争，有过牺牲，
> 被爱筛选过程。
> 学会认真，学会忠诚，
> 适者才能生存。
> 懂得永恒，得要我们，
> 进化成更好的人。

核桃听着听着就忍不住流泪，她一边抹掉眼泪，一边又骂自己傻。

兆阳回到家，感觉自己失落得像一条流浪狗，一刻也不愿意在家里待着，不知道要去哪儿，他想起了去看看柳叔叔，还有他那里的酒。

"小子，又来蹭酒了。"柳叔叔一眼就看出来兆阳像个泄了气的皮球。

"柳叔,我觉得自己特别失败。"刚才还在核桃那里装着,现在完全放下了伪装。失恋的副作用,容易自我怀疑。

"少喝点,别醉了。"柳叔叔没说其他的,就把酒给了兆阳。

"兆阳啊,你看很多人都是在你生命的某个时间出现,然后在某个时间离开。这些都是过客,在的时候好好珍惜,不在的时候就得学会忘记啊。"

"可是我挺想不通。"

"想不通就慢慢想,当年卓然他妈和人私奔的时候,我也想不通。"柳叔叔苦笑着回答,"我心里那个恨,你曾经最亲近的人,到最后像丢垃圾一样丢了你。但是,不管你多恨,生活还得继续,自己也要好好过。"

兆阳没说话,只是拿起杯子向柳叔示意一起喝一口:"是啊,生活还得继续。"

"没有你想象的那么好,也没有你想象的那么坏。既然你喜欢一个人,就希望她可以过得好。她不选择你,有她的权利,你要做的就是做好你自己。"柳叔开启了人生导师模式,给兆阳讲述鸡汤道理。

"我不希望他们过得好,只要过得比我好,我就受不了。"兆阳自以为潇洒,"我这就再去追她回来。"说着就给核桃拨去了电话,电话响了半天没有人……

谁知道核桃只是把手机忘记在了车里,她回家感觉太累了,经历了这么一场感情起伏,倒头就睡了。

兆阳失落极了,他想可能此刻核桃真在别的男人了怀里,一想到这,心里就像刀割一样。他拨通了前女友的电话,电话通了。

熟悉的女声传来:"喂,喂,怎么不说话,是兆阳吗?"

兆阳憋了一会儿,说了一句:"是我,好想你!"

说完就挂了电话,眼泪就流了下来。

6. 前女友求救

前女友彦歌问过兆阳，"如果我们分手了，还能不能继续做朋友？"

兆阳回答很坚定："不做，男女之间本来就没有纯洁的友谊，只有一种情况，那就是相互瞧不上。"

可那一天彦歌的电话来了，兆阳第一反应是高兴。电话那头前彦歌说着就哭了，说她爸爸遇到麻烦了。

民间借贷在南方非常流行，常常以高利息为承诺条件。他爸作为中间人，替朋友帮忙集资500多万。朋友是一家工厂的老总，出入都是豪车，爱谈论时政，感觉深不可测。说公司要上市得到处融资，承诺的一年里利息30%~40%。

本来民间拆借就是凭借关系。这朋友认识了10多年，而且对彦歌家多有帮助。她爸知道家大业大，这么点钱也不算什么。谁也想不到的，如今借钱的人跑路了，就和人间消失一样。公司早已经负债累累。

彦歌求助兆阳，说着就在电话里哭了起来："我爸爸现在到处被人逼债，给我打电话哭，我也不知道如何是好。我害怕，我就想以前什么事都和你商量，你会帮我想办法。"

兆阳听完了彦歌的事，难免心酸，这样的变故，发生在一度与自己那么亲密的人，唏嘘不已。兆阳一直安慰她，"那你男朋友呢？"

"他已经帮了我很多，把他自己的积蓄给我，说用钱可以再帮我想办法。"

"哦，那现在最担心什么？你先别急。"

"这些钱是好几个户头借的，有的是我爸的朋友，这些人平时客客气气，有钱时候对笑脸相迎，现在落难，一点情面不讲。那天来一个老头，就在我家坐着不走，直到给钱为止。我吓坏了，他们一直骂着我爸是个骗子。我爸只能赔罪，说他自己也被骗了很多钱，这些钱他会还，只是现在实在拿不出来，家里的积蓄都被掏空了。"

"你爸爸不过是担保人，在法律上也没有责任的，不过都是你爸爸介绍的，这里面的事情是挺难说清楚。"兆阳分析给彦歌听。

"有个借钱给我爸爸的人，还恐吓我爸，说要是拿不出钱，日子就别想过了。我爸现在都不敢回家，能躲就躲。"彦歌边说边哭，无助极了。

这事复杂程度也不是一说就能解决，只能安慰一番。

兆阳琢磨了一阵子前女友的事，他对彦歌说："如果这样，着急用的，需要多少钱，你告诉我，想想办法，先把眼前的困难应付过去。"

"你别误会，我不用问你要钱。"彦歌赶紧解释，又哭了起来。

"既然都现在这样了,你哭有什么用。实在着急用钱,你就找我,我帮你想办法。"兆阳明白这句话的分量,只要一说出去就得想办法办到。他考虑过无非就是钱的问题,虽然不知道多少钱能解决,希望彦歌能够吃一颗定心丸。

"知道了,还是你对我最好,你还好吗?"彦歌忽然说这个让兆阳心里一动。

"我挺好的,最近我也挺忙的。"

"我刚好也不想在家里待着,我想去看看你。你是不是也想我了?"

兆阳有些尴尬,不知道该从哪里解释。"你要是想来,过阵子再说吧。有什么事你给我电话。"

"我没有别的意思,只是想看看你现在过得好不好,过得好我就放心了。"彦歌说话的声音更轻,感觉又要哭出来。

"我挺好的。没别的事,先这样吧。"兆阳鼻子有点酸,赶紧挂了电话。

7. 感情没有了

接完前女友的电话，兆阳心里觉得堵得慌。

要是没有核桃，兆阳一定是毫不无犹豫帮彦歌。说不定他们就此就复合了。但是核桃出现了，兆阳和彦歌的关系有种释然的感觉。兆阳发现感情没有了，对感情有些失望，人与人之前的关系，或者再亲密的关系，大概都会这样，渐渐消逝不着痕迹。有些东西失去了就再也不能回去。

兆阳不开心就愿意待在柳叔叔的咖啡馆里，自己一个人待一待，或者和柳叔叔聊聊心情就会好一点。柳叔叔是兆阳心里少有的佩服的几个明白人，他整天笑呵呵的，好像什么心事也没有。

柳叔告诉兆阳，他想把这家咖啡馆给关一阵子，面带忧郁地说他恋爱了，准备和情人一起去周游世界。

兆阳一口咖啡差点喷出来，忍不住笑了出来。

"叔，你是说和刘姨不？你这也这是遇到真爱了啊！"

"你小子就笑话我吧。"柳叔叔敲着兆阳的头说。

接着说起了刘姨的事。

刘姨其实是咖啡馆对面开烟酒小卖部的。刘姨是个寡妇,早年老公就生病死了,在亲戚的帮忙下,开了这个烟酒小卖部,街坊邻居照顾,加上刘姨做生意也厚道,这些年就以此为生。离得近,没少照顾柳叔,一来二去就成了好朋友。柳叔50多岁的人了,看来还是不改"风流"的毛病。

兆阳也知道刘阿姨,他偶尔去买烟的,刘姨总是笑着说,小子少抽点烟。

"你刘姨生活特别不容易,老公10多年前脑出血就死了。她有两个孩子,一个儿子那时候刚上中学,女儿更小,还上小学。一个女人带着两个孩子,生活有多苦只有她自己知道。"柳叔话语中带着心疼和怜爱。

兆阳印象里刘姨总是把自己弄得干净利落,一头长发简单盘在脑后,随意又干练,经常穿着一件白色的衬衫和黑色的裤子,衬衫从来都是干净干净,简单素雅。

"我这几年也有点积蓄,想着把咖啡馆给关了,就和你刘姨一起过过逍遥日子。"

"你倒是真逍遥,那卓然怎么办?你就这么不管他了。"

"这些事情我早都告诉他了,你也知道我们的关系嘛,他无条件支持我。我说给他留了一笔钱,这小子都不要。他还要给我钱。现在他工作也挺好的,不是又和你混到一起去了,再说有啥事他不是也会找你帮忙。"柳叔叔说起卓然一脸的骄傲,他们两人的关系兆阳一直很羡慕,更像是一对好朋友。

"说得我都羡慕了。要不你也带上我吧?"兆阳也调侃起了柳叔叔,"不过刘姨能不管她孩子,跟着你出去玩?"

"其实啊,你刘姨身体不太好,我就是觉得她太苦了,既然我俩剩下的日子都不多了,我希望把她从原来的圈子里拉出来,去外面看看。她就是放不下孩子,她大孩子已经工作了,女儿刚刚考上了大学,应该也没有什么放心不下。我一直在做工作。"柳叔显然已经都考虑过了。

"那就好。"

"人这一辈子最重要的是,把自己想做的事都做了,不要等着像我这么老了才想起来。"柳叔总是有很多人生道理。

"你老什么,卓然现在也这么厉害了,你是应该享受人生了。不像我,一脑门子官司。"

"你又怎么了?人活着谁不是一堆麻烦,你小子就是心思太重。什么时候都要学会享受人生。"柳叔叔准备追问兆阳。

兆阳想还是逃跑吧,本来想说说,前女友回来找自己帮忙的棘手事,加上自己喜欢上了核桃,核桃又不冷不热的这样纠结的处境。一下子想说的又不知道怎么说出口,或许能说出来的都不算麻烦,不能说出来的才是真正的麻烦。他这么一想,苦笑了笑。

"嗯,谁不是一堆麻烦,不说了,我抓紧享受人生去。"

从柳叔叔那里回家之后,兆阳想好了一件事情,那就是要往前走,过去就过去了。对于前女友的事情他也应该释然些，作为一个朋友能帮忙就帮忙，现在她已经不是自己的女友，打个不恰当的比喻，就像从一个单位离职了，同事再找你帮忙就行，兆阳还有新的"项目"要做，那就是核桃。

8. 和前女友约会

当前女友彦歌再次出现在兆阳面前,他感觉有点陌生,看着彦歌明显瘦了很多。印象里的彦歌要更漂亮可爱一点。人的外貌总是在不断变化,这样分两方面,一方面是本身的变化,一方面是看的人的心态变化。兆阳看着彦歌,彦歌有点不好意思看兆阳,她就故意扭过头去,躲开了兆阳的眼睛。

"这儿的天气真是热。"彦歌先开口了,尴尬的气氛总需要讨论一下天气化解。

"你比原来瘦了很多,你还是胖一点好看。"兆阳的感觉很奇怪,有种既陌生又熟悉的感觉,陌生的是她的变化,熟悉的是原来没有变的部分,有个念头在兆阳的脑子里出现,眼前的彦歌再也不是以前印象中那个对着自己撒娇的彦歌了。

"没有啊,我最近还胖了呢?你就会说我难看。"彦歌一开口,再一次又冷场了。她也不知道自己在否认什么,只是感觉有种隔阂,原先的亲近感没有了。

兆阳有点厌恶这种陌生感,仿佛两个人都有意在躲开,想要寻找一个共同的着力点,却怎么也找不到。

他有点后悔自己干吗要去联系她。是生理需要，空虚寂寞？还是还有感情没放下？或者有点报复的意思？

他们直接去了一家酒店，彦歌没有拒绝，习惯了兆阳安排一切。

进了酒店，兆阳没有说话，只顾自己抱过来，与其说是抱过来，不如说是拉过来，说是调情，更像是在赌气。

彦歌假装抗拒，她觉得分手就得有个分手的样子。兆阳抱她，彦歌就努力推开："兆阳，我们别这样，我只想过来看看你过得好不好？"

兆阳要证明这个女人还是属于自己，心里又升起了一种失落感，一边心生厌恶一边又要做这个事情。或许是本能，或许是一时糊涂。兆阳亲吻抚摸彦歌，彦歌半推半就，从进来酒店，已经做好的心理准备。或许说有一点亏欠，又有一些难以抗拒这种熟悉又刺激的感觉，他们又结合在了一起。

兆阳由于兴奋很快就结束了。他们两个仰面躺着，兆阳在心里鄙视彦歌，一面想起了核桃，忽然眼泪就流了下来。他赶紧藏起情绪，转移话题。

兆阳开口了："你们在一起，那男的对你好吗？"他不愿说那个人的名字，话语还透着一股恨意。

"我见过他父母了，准备订婚了。"

"哦，还挺快的。"兆阳一听到这个心里一阵恶心。觉得眼前这个女人自己一点也不认识，准备订婚了，还躺在自己身边做这样背叛现任的事。

"看来，背叛是有瘾的。"兆阳心里想着。

"他妈妈说可以先给我们在市区买一套房,让我们自己先看看。你说是买市区小一点好,还是郊区稍微大一点好。"言语中有点开心。

"管我什么事?"兆阳生气了。

"随便问问你嘛。"

兆阳心里觉得悲哀,自己曾经那么喜欢的女人,也是这么"肤浅世俗"的人。在办完事后聊这么鸡毛蒜皮的事情。兆阳心里想:当你离开了一个人,才会以不同的角度再去看这个人,你会看到以前看不到的东西,多数是缺点。

"你的电话响了。"女朋友告诉兆阳。

不是我的,应该是你的。他们还用着一样的手机铃声。

"哦,是我老公。"兆阳注意到彦歌已经完全忽视了自己的存在。

她拿起电话:"我在休息呢,没听见,刚到酒店,待会再出去。嗯,知道了。嗯,知道了。好,视频吧。哦……哦……"女朋友回头看了兆阳一眼,兆阳识相地快速从床上跳起来,走进了卫生间。

彦歌理了理头发,打开电话视频。

"一会再去分行办事,回来给你带好吃的。这边真是热。我刚看到有条裤子挺适合你的。"彦歌很镇定,完全忘记了兆阳的存在。

视频挂了,兆阳刚才还有报复的快感忽然变成了失落,就像掉进一个黑洞,他刚才第一反应是告诉自己不要影响他们的关系,所以自己躲了起来。他忽然有点生气,回到床上,接着又扑向彦歌……

彦歌吓了一跳:"你轻点,你弄疼我了。"

再次高潮退去空虚和寂寞感扑面而来。他想知道核桃在干什么,觉得对不起核桃,忽然内疚了起来。

"你在想什么呢?"彦歌靠了过来。

"没什么,你爸借钱的事怎么样?"

"我爸重新又写了借条给他们,拿不到钱也没办法,只能慢慢还了。"

"都不闹了?"

"闹也闹过了,看我们实在没钱,只能这样了。"

"那就好,慢慢还上就是了。"

"谢谢你愿意帮我。"

"我也没帮什么,我有事要先走了。"兆阳说着开始穿衣服。

"晚上你不陪我了?"

"我要回家了!"兆阳心里想的是赶紧离开。

"行,那你空了就来找我,我明天下午就走。"

兆阳都不愿意去掩饰自己事前事后的明显区别,开启了"贤者模式"。他不知道彦歌会怎么想,现在不愿意再和彦歌有什么关系。

9. 后悔

兆阳再也没有联系过彦歌,彦歌打过来电话他也是敷衍两句。

"我走,你来送我吗?"彦歌还想兆阳送她回家,

"不去了,我不喜欢送人的场面。"兆阳找了个奇怪的借口。

"哦,但是我还想见你一面。"彦歌有点撒娇。

"好,我看一会儿时间吧。"话这么说,还是去了。

那天在火车站,彦歌精心打扮,穿着紧身短裙,白色的体恤,画着浓浓的眼线和口红。兆阳注意到彦歌比起核桃来,总有点不自然。不知道问题出在哪,可能太过于用力想要突出自己外表的优点,整个妆容让人有种张扬的廉价感。核桃更精致更自然,普通的衣服也显得非常有质感。

兆阳脑袋里盘算着,彦歌已经过来搂着兆阳的胳膊:"你来了?就知道你会来,你还是不放心我。"

兆阳没有说话,只是笑了笑。

她俩就这么有一搭没一搭地聊着。

关于这次见前女友,兆阳更像是在报复核桃,也

是在报复彦歌。可是真干完了这一切,兆阳心里的愧疚更多了。核桃不会知道他有那么生气,彦歌也没有察觉出兆阳的轻视,因为她以为兆阳心里还有自己,这一次过来也算弥补了对兆阳的愧疚。

各自思考间,火车来了。兆阳目送着彦歌进火车站,挥一挥手就走了,心里没有波澜。没有感情了才会如此冷静吧。

兆阳一直闷闷不乐,他后悔了。这一次和前女友的见面,也让他明白了一个道理,他喜欢的是核桃。他不想再纠缠不清了,想着拿出了手机了,把前女友的联系方式一个一个都删除了。

他给核桃发了个短信:"在哪呢?忙什么?"

核桃过了10几分钟才回:"在工作室干活呢。"

"我过去找你。"

兆阳要把时间和精力都放到了制作纪录片的工作上去,那段时间他基本就在核桃的工作室上班,偶尔核心团队的人几个还加班到深夜。

第 6 部分 挣扎

1. 归来

默默对核桃说她快要烦死了,原因是他离家出走多年的父亲回来了。

那天一个陌生电话打来,默默第一次没有接,第二次打来的时候才接。对方半天没说话:"你是谁啊,不说话我挂了。"默默有种奇怪的预感,心情非常不好。

"是月默吧?"

"是。"

"我是你爸啊。"

对方的声音听起来陌生,却有种奇怪的熟悉感,带着苍老和软弱。默默愣住了,她等了这个电话很多年,真的接到这个电话,却不知道说什么。心里想着无数个问题,刹那间却一个也想不起来。

"你打我电话干嘛!"默默有种想挂了电话的冲动,沉默了半天只是冒出这么一句带有责备的硬话。

"是你妈妈告诉我你的电话号码,我现在住在医院。我一直挺想你的。"

默默想问他怎么了,话梗在喉咙里就怎么也说不出来。

"听你妈妈说你现在过得不错,我也放心了,我现在就住在第一医院。等我病好一点了我去看你。"她爸继续说着。

默默后来对核桃说,她当时脑袋里有一万句话想说,却怎么也说不出来,仿佛丧失了语言能力。

"默默,你是不是忙,要忙你先忙,有空我再给你打电话。"她爸爸谦逊得过分可怜,随后就挂了电话。

默默还是没反应,感觉全身僵硬,脑袋里努力在回想关于她爸爸的记忆,在哪里,什么时候,越来越模糊,她想起他爸苍老的声音和自己这些年受的委屈,眼泪失控了,大颗大颗地就流了下来。

"那我先挂了,回头再给你打电话。挂了啊。"他爸爸依依不舍的。

等默默慢慢反应过来,她先给核桃打电话,核桃让默默赶紧回家,询问母亲,她一定也和自己一样不知所措,核桃要默默回去安慰或者保护妈妈,再问问情况。

默默每当被陌生朋友问及父亲,总不知道怎么回答,只是说一句,我爸不在了。让人误解为父亲死了。不少和默默关系不错的人一度以为,默默来自单亲家庭。时间一长,连默默自己都觉得父亲可能真的死了。

她想不明白父亲为什么这么绝情,说都不说一声就走了。20年不闻不问,现在却有脸回来。

"怎么说他都是你爸,你去医院看看他,你不能不管他。他有他的难处,我不想你将来后悔。"默默妈妈的态度意外宽容。

"妈!他算什么爸爸?我爸早死了。"默默一生气摔门走了。这场母女间的对话就这样结束。

核桃对阿姨说:"我劝劝她去。"

"回来关你什么事,他动手术管你什么事儿?"默默在核桃面前一点没有保留怨恨和不满。"过了20年才回来找你,应该怎么办,干脆装作不认识是不是比较好。一定是在外面混不下去了,又回来?我不想管他。有这样当父亲的?"默默越说越生气。

核桃了解默默的脾气,要是劝她,她一定反驳你,不如顺着她说。

"可是他毕竟就是你爸啊。"核桃有点心软想劝劝她,"父母的影响就是这样传达,你会有意无意地把你父母说过的话,通过自己的口说出来,而你自己都不自知,这就是家庭的影响。一个人无论如何脱不了上一辈的影响,不管在什么事情上。"

"你不知道的。"默默并没有妥协,

"哎,你一定很难过。"核桃明白,她只是帮着默默心里好受一点。

"这样吧,我帮你去看看你爸爸,这样给你们一点缓冲也好。我去过你就放心了,如果你考虑好了,再去看他也不晚。"

"你别管了。"

"我能不管?放心吧,你的事就是我的事儿,我可不想看到你委屈难过。"

　　默默点头,抱住了核桃,深情地说了一句:"谢谢。"

　　"真想谢我,上次我看中的 LV 包,你买来送我?"

　　"你走开。"默默被核桃逗笑了。

2. 人都是脆弱的

格外闷热的夏天，路上热气腾腾，看着整个地面都在融化，就像放在蒸笼上。这样天气让核桃有点烦躁。走进医院的住院部，在走廊就听到有人在大声聊天。

"我觉得现在的股市真是十年不遇，从6000点下来，现在都2000点了，赶紧买股票，政府都开始出声了。"一个人男声高亢，说得很绝对。几个男人在围坐着。

核桃很快就认出了，默默高挑的身材和美丽的脸庞很多地方都遗传自父亲。高高的鼻梁，国字脸。遗传基因真是强大，如果你想看看自己老公或者女朋友了老了什么样子，只要看看对方的父母就有了八分把握。

"你是默默的爸爸吧？"

"我是，你是哪位？"默默的爸爸，微笑中有点失望着回答。

核桃把水果篮子放在病床边。"我是默默的好朋友，她最近挺忙的，让我先来看看你。"

"工作要紧啊，没事，工作要紧。医生说我身体状况特别好的。默默她也挺好的吧？"

"都挺好的。我想她过阵子忙完了应该就会过来看你。"核桃看到了老人眼神里急切的渴望，心有同情。

交谈中，默默的爸爸张建国讲述了一些自己的病情，他是肝硬化晚期，这次住院因为吐血，住院的时候是一个人。医生让他住进ICU（重症监护室），还有一个表弟帮忙照顾他。现在基本上都控制住了。表弟有工作，一般都是自己一个人。

做了几次手术之后，就控制住了出血。情况一天天好转，这两天已经可以吃点东西了。

核桃觉得不管曾经多风光得意的，面对生命的无常与衰老，只是在硬撑，病人背后一定满是无奈，简单到只要好好活着就好了。

"这次是控制住了，不过医生说下次就更危险了，要尽快安排准备肝移植。"张建国安静地说着。仿佛这件事情就发生在别人身上。核桃听过别人说过，肝移植需要一大笔费用，大概在80多万左右，每年还要支付高额费用的药物维持排斥反应。

"默默现在有男朋友了吗？你认识吗，人怎么样？"张建国看着核桃不说话，开始问起默默的事情。

"都挺好的。"核桃有点本能地逃避似的，她不知道是该说多深，或许这些事让默默自己慢慢告诉他比较好。

"你既然是默默最好的朋友，她让你来看我，想必你也应该知道我们家的事儿了。当年我抛下他们娘俩自己走了，他们一定过得很难。不过我也有我的苦衷。"

病房里另外一个病人睡着了,显得特别安静。核桃瞟了一眼窗户外,阳光特别刺眼。又看了一眼张建国。"是啊,默默现在还生你的气,不肯见你,又不放心你,让我来看看你。"

"是我对不起她们。"眼前的老男人老泪纵横,"按说我没有脸再见他们了。可是我不想带着遗憾就死了。我还想回来看看默默和她妈妈。医生说我运气好可能也还能活个3、5年。"

"那你以前怎么不回来?"默默被张建国的悲哀情绪感染,眼泪婆娑,她情绪有点激动。

"你不知道,我有多么想给她打个电话,多想回来看看她。可是我一想这样又有什么意义?没有了后悔药。我组建了新的家庭,希望他们也能组建一个新的家庭,我不打扰他们,是对他们最好的照顾吧。我承认是我自私,或许眼前的这一切就是对我的惩罚。"

"人生啊,谁说得定。没有什么是最好的选择,只是你选了你的路,有时候就要付出代价。" 核桃这么安慰。

"我不敢要求默默那么快接受我。我知道她一定有很多想法。谢谢你替她来看我。"

"那你有什么困难吗,比如钱方面。"

"我自己还有积蓄,看病的费用都还有。这个你让默默放心。等我病好了出院,我想去看看她。"

病情严重的时候,张建国已经一个人挺了过来,他找默默是害怕见不到他了。"人之将死,其言也善。"核桃心想,心目中那个抛妻弃子的"陈世美"也完全是另一个样子。眼前只是个又老又脆弱的病人,他希望弥补他曾经丢弃的家庭。

"那你再婚的妻子和儿女呢?都不管你?"

"我后来又离过两次婚,我的第二任妻子,我们在香港生活了三年,那时候她刚毕业,我过去之后和朋友合伙做生意,赶上香港经济危机,房价大跌,我们生意也亏了。投资的房产业缩水。妻子和英国人好了,去了英国。我后来到深圳东莞合伙又开过电子厂,生意还算不错。又结过一次婚,又生了两个孩子。现在她们都在深圳生活,我就又来到了L市,我生病之后,把工厂基本交给了老婆打理。现在基本就是退休状态。"

核桃听着张建国简单讲述着自己跌宕起伏的一辈子,追问:"那你这次回来,什么打算?"

"我本来想回来投资的,也算回来能够照顾好默默和她妈妈,我年纪也大了,深圳那边基本不用我照顾什么,但是命运弄人,我回来就病倒了。"张建国说完,一位年轻医生过来了,检查了一下,让多休息。

医生检查完了,核桃觉得自己也该离开了,"叔叔,你注意身体,我回头再来看你。"

"好啊,你帮我问问默默,什么时候忙完,我下礼拜还要做一次手术。"

核桃觉得眼前的老男人其实内心无比孤独。走的时候,核桃在过道里听到张建国和护士开着玩笑。她想也许经历了再多,即使像张建国,她无法面对自己年轻时候的愧疚,或许这种愧疚会随着时间推移,越来越浓重。

出了医院的大门,太阳快下山了,核桃觉得今天信息量有点大,回去第一件事先得找默默。

3. 闹离婚

默默不知道怎么去面对父亲，偏偏什么事情都赶在了一起，本来想找张春诉苦，张春却说最近没有时间见面。

"我要出差一段时间，咱们暂时别联络了。"这是张春给默默留言的那一句话。

核桃敏感地知道了问题："估计他出什么事了，你先别着急。"

"他从来没有这样。"默默很担心，他知道张春一定有事没有告诉她。默默来到了张春的住处，这个住处离新公司很近，张春现在大部分时间就住在这边。张春唯一留了一这套房子给自己，也方便默默偶尔过来住。

张春正式摊牌，开始闹离婚，是张春先提的，那一次对话平静得像开会一样。主要内容是财产的分配，说分配，不如说张春几乎把房产和存款都给了妻子，还有每年支付 10 万的子女抚养费。

张春的妻子刘艳知道张春心思不在自己身上，她以为这样表面上和平相处就足够了，她也说不上和张春有多深的感情。生活不就是凑合着过下去，等张春年纪大了，或者玩够了，还是会回到自己身边。

万万没想到，这次张春是动真的。

本以为刘艳能够一样平静接受，张春错了。刚开始一口答应，接下来的几天，不知道是心里觉得亏，还是有恨。她一直指责张春出轨就是全部的错，就要负全部责任。开始疯了一样地查张春，她目的只有一个，找到让张春决定离婚的女人，"死也要死个明白"。

人一旦陷入极端思维就会做出很多让人不可理喻的事情。

刘艳先是来到他公司，找到几个之前认识的下属说要接管公司的业务。可是下属知道妻子完全不懂业务，表面上答应，行动上客客气气，实际上并不配合。

这让张春非常难堪，那段时间他只能躲着妻子，好在公司的业务基本上不用他再管理，他忙着新公司的业务，而这一部分新公司的事情刘艳完全是不知情的。一个男人真的打算离开，尤其一个成熟的男人，必定不会一时冲动。

每次接完刘艳的电话，张春想离婚的心情又迫切了一分。他曾想他们之间还有恩情，即使没有了爱情，生活一样可以继续下去。大部分人不都是这样，况且他们还有孩子。

最过分的一次，张春被堵在了公司的楼下，刘艳见了张春上来就是一个耳光，然后破口大骂。这个耳光打掉张春最后一点愧疚。张春没有发火，安静得奇怪。只说了一句："你是不是太过分了。"说完就走了。

知道张春要离婚，默默不想去添乱。核桃却对默默说："你要不然过去陪陪他吧，一个人面对这些事情挺难的。"

张春并不烦默默过去，只是想一个人处理这些事，怕默默知道反而影响了彼此的情绪，不过觉得默默能在这个时候陪着他很感动。

在他决定离婚之前，每天忙完，张春总是回到他和默默一起住的那个房子，他现在觉得那里才是他的家，张春的衣服不断在增加，默默也慢慢地把自己的一些衣服拿到了这个房子里。默默回家偶尔会做两个菜，或者他们一起就近的饭店吃饭。曾经张春也优柔寡断地觉得就这样一起生活下去好了，默默从来没有要求过自己。但和默默在一起的愿望越来越强烈，他迫切地希望开始新的生活。

他给刘艳发了条短信，我们见一面，好好聊一聊。

妻子过了半天，就回复了一个字：好。

然后他们约好了时间地点。

张春："我知道你恨我，与其这样折磨，不如各自分开会不会好一点。你要什么条件我尽力满足你。"

"你知道我不在乎这些，你就对我就没有一点感情。"妻子也露出了一点愧疚之情，说话带有一点哭腔，"我知道你对我有很多不满意，但都这么多年夫妻了，你要玩，玩你的，我想你总会回来的。"

张春沉默了一会儿，"别这样，与其两个人都困在婚姻里，不如分开更好吧。孩子我也不会不管，周末让孩子跟我过，平时跟着你。"

"你还知道考虑孩子啊,你就这么自私。"妻子拿出来孩子说事儿。

说实在的,张春说到孩子有点后悔,开弓没有回头箭,事情已经到了这个地步,再难也只能扛下去了。"与其在一起天天吵架,对孩子又有什么好处,我觉得人都要为自己而活。我希望你明白。"

"我不明白,你怎么能这么自私?"刘艳又开始有点失控,情绪激动了。

接着张春拿出了离婚协议书,自己已经在上面签了字,留给刘艳。"你好好想想,哪一天我们去办一下手续。我先走了。"

说完起身就走了,张春做事就是这样,想好了就行动,不犹豫拖泥带水。留下刘艳一个人,怅然若失。

那些相互吵闹的夫妻多半不会离婚,张春想离婚,急切摆脱。他都不愿再和刘艳说话。房子都是写的刘艳的名字,基本上也不用太过复杂的手续,他们碰面在离婚处,刘艳还是赌气没怎么说话,张春也没怎么说话。

见面,张春说了一句:"就这样吧,各自过自己的。"

"你就好好过吧,你得多好啊?"刘艳逞强,心里更多是恨,张春也不知道回复什么。

刘艳忽然说忘记带了证件,决定要回去再拿。张春意识到了她在示弱,找借口在拖延。

对于离婚的当事人来说,总觉这是一件挺失败的事情,需要自我调节。张春有默默,刘艳还有她的儿子,这样也是公平。张春这样想着，眼前的女人也挺可怜的。不想再逼她，没有揭穿。

刘艳回家却把对离婚的不甘心发泄了出来，他经常半夜打电话给张春，说着说着就无理取闹，把张春臭骂一顿。什么忘恩负义，什么陈世美，自私自利；也骂默默什么狐狸精，不要脸；什么难听骂什么，一点情面也没有留下。

张春强忍着，愤怒生气都无济于事，只是觉得生活了这么多年的人，还为自己养育了孩子，翻脸成为仇人。张春心里没有恨，生出来一些厌恶。刘艳心里的不甘，把丑陋的一面放了出来。

最让张春失望的是孩子，忙于工作，孩子就给刘艳管着，孩子好吃，又胖又黑，除了眉眼仔细看才能看出来有点像张春。刘艳对孩子有求必应，就养成了骄纵的性格，刘艳把对张春的仇恨传递给了儿子。孩子一开口只会问张春要钱，根本没法说，一说就生气。张春怀着对孩子的歉意，也只能由着他自己。

都说婚姻失败对孩子影响最大，父母的感情早出了问题，教育就更顾及不上。婚姻失败也就伴随着家庭教育的失败。

默默知道张春这一段过得特别艰难，只是陪伴着，也不多问家里的情况，听到张春在电话里吵架，心里再难过，也不好表现出来。在默默心里，她觉得愧对刘艳，也心疼张春。她很无奈，选了一条艰难的路，就要走下去。

张春当年面对着对自己骂骂咧咧的前妻刘艳，仿佛置身事外，他觉得眼前的男人不是自己，而是另外普普通通人的其中一个,他窃喜自己有勇气去开始另外一段生活。刘艳更加生气,觉得丢尽了面子,她觉得张春做了个愚蠢的决定。

"当时看起来无比艰难的决定,事后来说只是一个选择。"

默默告诉张春,没有关系,她不急着让他离婚,只要能在一起就好了。

4. 原谅并非那么简单

默默父亲张建国再给默默打电话,默默不接了,完全不理他。他想起来自己的时间不多了。最大的愧疚是对默默,离开默默的时候她只有14岁,当时只是个小姑娘,不知道她这些年面对了什么事情,现在能做的就是挽回这个关系,在生命最后的时间,做回父女。

张建国满心愧疚,他已经没能给女儿什么,甚至还要他回来照顾自己。他在默默眼里就是个自私自利,最后没有好果子吃,又回来找女儿的失败父亲。

张建国说哪怕默默不认他,他一样可以关心着他,用他剩下不多的精力和时间。

默默第一次撞见她爸,她正要出去办一点事,在公司楼下撞见,他远远地坐在台阶上,头发凌乱,衣服倒是整洁,因为生病,变瘦之后衣服变得松松垮垮,看得出来他是精心收拾过的,还是难以掩饰的衰老和病态。

默默偷偷绕开,说来很奇怪,自己为什么要逃,心里有同情、愧疚还有怨恨,这几种复杂的感情让她不想面对他。回去她告诉了母亲,母亲只是叹了一口气说:"他只是想去再看看默默。我转告他,你不想见他。"

默默说:"再来找我见一见他吧。"

默默后来记得她在大街上的情形,路上人来人往,忽然围住了自己,跪在眼前的是自己的父亲,有好事者停好了车在边上围观。这个景象她自己一手炮制出来。别人看见这样的情形,一个头发花白的老人,给一个妙龄女子,在大街上下跪,会想象出各种各样奇怪的剧情。

默默第一个感觉是怎么避免这样的尴尬场面,她迅速地扶起眼前的爸爸。

"别这样,你干什么。"

父亲哭诉着:"是我是对不起你?"

"有什么话我们好好说行吗?"

然而她爸完全不在乎周围人的好奇的眼神。围观的人越来越多,有的人探出了脑袋,等待着接下来发生的事情。

"丢不丢人啊,赶紧起来。"默默觉得丢脸极了。

她爸的身体僵硬在哪里,这句话刺痛了张建国,不知道是不是年长对世俗的眼光根本不在乎的缘故,还是无法表达内心对默默的愧疚,只能用这么极端的行为来放手一搏。

默默准备逃跑,可是却让她爸抓住了。

"你放手,你放手,你弄疼我了。"

张建国这才理智了一点,赶紧松开手跑了。

小时候默默经常做这样的梦,梦见心爱的玩具忽然就不见了,她开始到处找,找也找不见,剩下自己一个人又着急又生气。猛然想起来自己是在睡觉，从梦里惊醒过来，想一下，好像是迷迷糊糊地又睡着了，接着又开始找。这样好几次，一个晚上就过去了，第二天醒来累得要死。

核桃告诉默默。谁也没有办法治好她，不管谈多少次恋爱，恋爱的那个人是谁，无济于事。就像很多人在毕业工作多年以后，还会梦见高考一样。

核桃劝默默："不管怎么说，他还是你老爹，而且现在就在你面前，逃避不是办法，总要去面对，而且一个病人，是不是可以考虑一下。"

默默坚决不从，她没法去面对他，看到他就生出怨恨。默默试着去把他当成一个陌生人，一点用也没有。说两句，就会不耐烦，就像要发火，越想克制越没有办法忍受。

默默情绪还是爆发了，默默妈妈一直说让默默回家吃饭，是她妈妈生日，还说也叫上核桃。

默默难得回家吃饭，自从工作以后，就很少回家，默默妈妈再婚之后，默默就搬了出来。默默的后爸是个老实本分的电工，在商场负责电路的安全检查，是她妈妈在商场开电梯时候认识，平时话很少，待人实在。家里条件不好，就一直没有结婚，和默默妈就算搭伙过日子。还是默默出主意，说自己搬出去，让后爸搬过来，这样她妈生活也容易一点。

一进门，心情一下子变好。默默一闻到了自己最喜欢吃的糖醋排骨的味道："啊呀，好香啊。"

在家里做好了吃的，一直等着默默，桌上已经摆了满满的十几个菜，怎么做这么多菜？

"默默,你回来了。"屋里的人听到默默和核桃到家,客厅的妈妈和后爸就出来迎接,默默爸爸也从厨房出来了。

"他怎么在这?"默默生气地质问他妈,说着转身要离开。

她妈妈一把拉住,本来在门口的核桃也反应过来,故意挡住了默默。

"先吃饭,先吃饭。"核桃悄声对默默说:"看在你妈妈生日的份上,你先压着点,别让她难过了。"

核桃特别希望默默能迈过这个坎,原谅他爸爸,才等于解开这个心结,可是的确太难,固执的默默看起来什么都不在乎,心里这道伤口最深。

5. 糟糕透顶的一天

看得出来,默默她爸张建国小心翼翼,怕女儿生气。默默没有好脸色,变得沉默不语。这一顿家宴气氛变得有点尴尬。倒是默默后爸一直缓和气氛,一直在夸张建国手艺好。"来,来,来,默默,都是你喜欢吃的。"默默妈妈也帮着说话。默默身上仿佛绑着个雷,随时可能爆发,大家都小心翼翼地护着。

不知道怎么回事,默默看着张建国越是愧疚想补偿,她心里就越生气。一家人一起坐着吃饭,却没有敢开玩笑,张建国没有上来,说"你们坐着吃饭,我等核桃的鸡汤好了。"

"你也一起来吧。"核桃张罗着。她捅了默默一下,希望她能够调整一下情绪,缓和一下气氛。默默却不想接腔。

"人家一个人刚做了手术,就出院了,手术还挺顺利。非要来给你做好吃的。"默默妈妈悄声地告诉默默一些情况。

"你去看他了吧?"

"一个人也挺可怜的,我本来想叫你也去看看,他说不用了,你也挺忙的,等他做完手术再去找你。"默默妈妈说着。

默默表面上没有什么,心里有点愧疚,自己那么拒绝他,是不是有点太狠了,不过转念一想,能那么狠心抛下自己也算是自作自受吧。可怜人必有可恨之处。

说着话,张建国端着鸡汤出来了。默默妈妈不再说话。

"你现在反正都结婚了,你无所谓啊。又不影响你。"默默对着妈妈发脾气

"你这个孩子!"默默妈妈被气得够呛。

"你回来干吗,你现在回来想干吗?"默默近乎哭诉地叫喊着,"你回来有什么用?"

张建国一声不吭。

说完默默起身,动作很快,转身摔门就走了。核桃上去想拉住默默都来不及。

默默独自回到了公寓,才想起来自己生气饭也没吃就跑了。原以为回来躲起来就安静,却有个更大的意外。

刘艳一个人常常会想起来张春和别的女人一起嘻嘻哈哈,有说有笑的情形,再想起来张春回到家一副死气沉沉的样子,她越想越生气。最后将所有的怒火都迁移到了"这个女人"身上。

她给张春公寓打了一个电话过去,接电话的是女声。刘艳没有说话,挂了电话。刘艳知道默默的存在,张春第一次提离婚,刘艳第一反应就是出轨,事情变得复杂起来。

愤怒有时候会改变一个人的理智,刘艳开车来到了默默

和张春一同居住的公寓。

这个小区刘艳很少过来,她知道张春住过。刘艳有这个房子的钥匙,张春当时买房子,都是把房子的钥匙放在了刘艳那里。她径直上了电梯,敲门。门里没有声音,一会儿能够听见女人答应,高兴的脚步赶过来开门。开门的一瞬间,默默吃惊了,她第一次见刘艳,以前只是看过照片,这一次面对面让她不知所措。

"我是张春老婆。"刘艳故意提了提气场。

"哦,你找谁,有什么事吗?"默默回过神来,礼貌地回复。

"没什么事,我也不找张春,我就是过来告诉你,这里房子是我的名字,你给我滚出去!"说话间,就把默默头发揪了过来,往房间外面拉。默默完全没有准备,下意识地把头发往回拉。

"放开,放开。"

两个女人在楼道里推推扰扰,扭打在了一起。

两个人没有力气了,理智又回来了,各自退到了角落。

默默忽然笑了起来:"你这是干吗呢,有意思吗?我们打成这样,张春一样不会回到你身边。放手吧。"

刘艳也笑了:"一个女人,除了带孩子什么都不会,然后老公忽然不要你了,你怎么办,你告诉我怎么办?。"

默默整了整头发:"我知道你不好过,我也不想这样,可事情已经这样了,你这样闹,就再打我,解决得了吗?今天的事儿,我不会告诉张春,这事就当没有发生过。"

说完自己回屋，关起了门，一屁股坐了下去，抱头痛哭流涕……

先是和父亲吵架，接着和人打一架，还有比这更糟糕的一天吗？

这一架之后，默默释然了，既然都这样了，该面对的就应该面对，看看还有什么更糟，该来的就来吧。

6. 总要面对

核桃赶来了以后，默默已经哭完了，一个坐在沙发上。刘艳也早走了。

核桃不知道刚才放生了什么，不想劝默默。

"我不放心你，还是赶过来了看看。"

她异常冷静地对核桃说："我想我能处理好，所有的麻烦。"

核桃搂住了有点神叨的默默："总会解决的，有我陪着你呢。"

"好！"默默有了好朋友支持，有了面对的勇气。

第二天，默默找到张春，说想一起和刘艳谈一谈，张春很意外一直追问为什么，有什么事？

默默说："没事，有的事情总要解决，当面谈比较好。放心吧，我能处理好。还有核桃陪着我。"

这个时候最忐忑的反而是张春，一边是和自己生活多年并养育孩子的妻子，另一边是自己深爱的人，两个坐在一起谈判竟然是因为自己。

刘艳不想去见面，她要强的性格告诉自己，不去就是被吓住了，她抱定如何说也是自己有理。最差的结果就是离婚而已。

核桃和默默早到了，刘艳却迟到了。默默客客气气地让刘艳坐下。

"说吧，有什么事？"刘艳今天精心打扮，化了妆，女人任何时候在外貌上都不想输。

"离婚这事，我知道你很不好过，我心里一样不好受。你再闹只会让你自己更痛苦。"默默不紧不慢地说着。

"你别站着说话不腰疼，你也不用来我这耀武扬威。"刘艳一点不让步。

"你误会我了，我只是让你知道，谁都要往前走，我今天见你就是告诉你，我决定了和张春一起生活，请你也不要再打扰我们！如果你要接着闹，我也没有什么担心害怕的。"

刘艳不说话，心里还有气。

核桃接着说话："都是女人，相互都留一点尊严吧。不管怎么说张春是孩子的父亲，你也不要再拿孩子的事惩罚张春，这样对孩子也是更大的伤害。我们知道你也不容易，孩子也不容易。虽然你们分开了，这个关系一辈子都不会断。张春特别想做一个好父亲，请你给他一些机会。默默也是个很善良的人，她会照顾好张春，也肯定会为了张春对孩子好。"

"我知道张春对我没感情。我也不想再纠缠了。我也是为了孩子。"听核桃提到自己孩子，刘艳有点意外，原本她的一个心结就是张春为了第三者竟然不顾孩子，可是自己又真的是多少站在孩子的角度去考虑问题？

"我要说的我都说完了,我就先走了,保重。"核桃拉起默默说完就走。

留下刘艳一个人坐在那里。

"等等!"刘艳忽然叫住刚要走远的默默和核桃。

"我不想离婚,你知道张春对我多重要吗?张春走了,我的世界几乎崩溃了。我很对不起,打了你。我完全失去了理智。"说着哇哇地哭了起来。

回家的路上,默默本以为心情能舒畅,却一点也高兴不起来。她忘不了刘艳痛哭流涕的样子。她伤害了刘艳。本来想不管结果怎么样,继续闹也好,都不再担心,这些事是没法控制的。

当这一幕又一幕真的出现时,却心里很难受。

默默心里一沉,眉头紧锁,核桃安慰默默说,"想不通的事就不想了,事情总会解决。"核桃以为帮着默默打通了一个关节,还有一个心结,就是默默爸爸张建国。

7. 谁也不知道明天发生什么

核桃送默默回家。

默默刚回家就发现张春倒在沙发上,茶几上放着安眠药的瓶子。默默上前怎么也摇不醒,赶紧把走半路上的核桃喊回来。

核桃赶来,马上叫了救护车送去医院抢救,一阵忙乱。等张春抢救过来以后,刘艳也赶来了医院。

这一次再见面他们没有吵架,她们都爱着眼前这个躺在病床上的男人。

医生告诉她们,张春是得了抑郁症,才会自杀。这次出院之后需要家人陪伴,以免再想不开。

默默看着躺着床上的张春,她不想张春离婚了,只想好好照顾他,什么都无所谓,只要他好好的。

她对刘艳说:"你走吧,你还得照顾孩子,我来照顾他。"刘艳也彻底傻了,眼前的结果告诉他,再怎么也无法挽回,放手才是最好的。

默默告诉张春:"这些年我一直找我爸爸的影子,当他真的出现在我面前,我才意识到,这件事对我伤害有多大。我不想你也像我爸一样,活在愧疚之中。

谢谢你为我做了这么多,你怎么这么傻,干嘛要这样。有什么你告诉我就好了,不要一个人闷在心里好吗?"

张春不说话,只是流着泪。

"都会好起来的。"默默抚摸着张春的手说,"我在呢。"

"嗯。"张春点了头,头发好久没染了,显得苍老憔悴。

得知消息,第二天默默的爸爸赶来了,忙前忙后,也不敢多说话。

临走了,默默对他说:"等张春出院了,您就过来和我们一起住吧?帮我照顾一下他。"

默默决定和他爸合好了。

张建国只说了句:"好。"假装平静。

走出病房的门,老泪纵横。

前妻刘艳找到默默,递给默默一把钥匙,说把这一套房子给默默,好让她们生活也好受一点。

默默父亲张建国身体恢复得不错,还能和张春一起散散步,偶尔还一起聊一聊股票。张春需要在家休息,定期去看医生。生活虽然辛苦,默默觉得从来没这么踏实过,两个生命中最重要的男人,现在都在她身边。

核桃问默默怎么就想通了。

默默对核桃说:"谁也不知道明天会发生什么。我想好好珍惜。"

第 7 部分 选择

1. 再在一起

核桃的纪录片完成了。

张浩给核桃电话,说晚上有没有时间,一起吃顿饭,庆祝一下纪录片圆满成功。核桃想叫上默默,还有兆阳,卓然一起庆祝,没想到张浩先找到她。很显然,张浩想独自两个人庆祝,核桃和朋友的聚会只能推迟了。

L城的夜晚,总是泡在水里的,带着袅袅的水汽,湿漉漉的光辉。

核桃带着张浩来到了任老板的小店。生意很好,都要提前预约,店长也不让客人排队,只能供应那么多。不过核桃只要去,店长必定能挑出最好的位置。

核桃特意找了一个人少的时间去,两人吃着开胃菜,端起来酒干杯。店长在吧台认真地忙碌着,计算好时间把一道道美味送到客人面前。刺身拼盘在温度和厚度上都掌握得恰到好处。

"好吃。"张浩一边吃一边表扬。

"第一次是兆阳带我来的。"核桃想起来了兆阳。

"那个富二代张兆阳啊,听说是个花花公子,你可别上当了?"张浩假装吃醋,他总有自信,知道兆阳没有威胁到自己。

"瞎说什么。他人其实挺好的。"核桃维护着兆阳。

"你们是怎么认识的?"张浩头也没抬地问了一句。

核桃就把兆阳怎么在酒吧打人,后来又怎么一起拍纪录片的事情慢慢讲给张浩听。

店长特意过来打招呼,核桃说下次再把兆阳和默默一起叫过来庆祝一番,不醉不归。眼前坐着的张浩有点不悦,核桃话题一直围绕着别人转。

核桃的片子拍得虽然有一点小曲折,总算完成,心情格外好。说着说着,核桃不禁有点兴奋,借着酒劲,她开始问张浩原本不好意思出口的话:"你当年为什么忽然就消失了?"

"你想听真话还是假话?"

"我想听假话。你最好告诉我你多难过,多伤心,过得多不好。这样我心里会好受一点。"

"哈哈哈。"张浩大笑之后开始说起了那段日子,"我都不愿去回忆以前的事情。"

"我也不愿回忆,你知道我当时心里多难过?"核桃笑着说出了这句话,眼泪却在眼眶里打转。

张浩拉过了核桃的手,抚摸着说了:"对不起。"

核桃没有躲开。

"不说就不说,很高兴再认识你,我恨不能把这几年发生的事情都说给你听。"核桃心里还在乎张浩,努力想找回那段逝去的感情。张浩再一次出现在核桃面前,美好回忆又回来了。上次见面之后,核桃知道自己还没有放下。

"我听,我慢慢听。"张浩说着搂过了核桃在自己怀里。

核桃笑着推开了,还是很高兴,她等这个拥抱太久了。吃完饭,两人依依不舍分别了。

核桃告诉默默她想和张浩复合,默默劝过她:"这么多年过去,人是会变的,你确定吗,张浩还是你喜欢的那个人?"

"我也不确定,我确定我现在还喜欢他。为什么不给自己一个机会呢?"核桃回答得很乐观。

"你也好自为之。"默默不置可否。

核桃认定的事情总是马上行动,对感情也一样。核桃想请张浩一起去看美国一知名乐队的演出,这支乐队核桃从大学时代喜欢到现在。

"好啊。"张浩同意得非常快,从第一次见面张浩就知道,核桃对自己还有感情。在别人眼里核桃成熟理智,在张浩眼里,核桃还是像当年一样简单。从她的眼神和微笑中都容易看出来。

这场期待已久演唱会没有让人失望,让核桃心情大好,许多熟悉的歌曲总是能唤起以往美好的回忆。动情处,张浩拉着自己的手,一起在空中挥舞。他们跟着一起哼唱,那些熟悉的旋律。

"你还记得吗?上次他们来的时候你说你要请我看他们演出。"核桃对着张浩喊,音乐声巨大。

"记得。"张浩笑着大声回答,忽然他亲了上来。

核桃有点意外,却很开心,推开张浩,假装生气喊道"你干吗呀?"脸上却洋溢着幸福。

"跟我走吧。"张浩在耳边喊着说,音乐很大,说话声也大。

"你说什么?"

"跟我走!"张浩几乎是喊出来的,喊完拉着核桃就往外跑。

他们上了车,张浩一把抱过来核桃继续亲,核桃没有抗拒。

"走,我家里的大床特别舒服。"张浩说完没有等核桃答复,就开着车回家的方向。

他们两终于在一起了,张浩很主动,核桃有点不好意思。他们彼此的隔阂在一刻暂时放下,核桃不去想接下来要面对的是什么,这一刻他们彼此需要,相互满是对方的内心深处的渴望。

核桃用身体来迎接张浩,告诉他心里的思念。张浩在核桃身上起伏,像一个流浪汉一样寻找,找回熟悉的感觉……

激情过后,核桃趴在张浩的胸前,两人一起看着窗户外的月亮:"你看外面的月亮多美。"核桃有那么一刻想着,不管这个男人发生了什么,眼前的他如此真实就在自己面前,应该跟着张浩浪迹天涯。

2. 任何人啊，都值得抱一抱

兆阳很久一段时间没有联系核桃，再给核桃打电话时，说卓然出事了。

拍完片子之后，卓然就离开了剧组。这个消息刚开始核桃都不信。

那一天，卓然和柳叔叔一起吃饭。卓然经常不在家，他们爷俩难得吃饭，吃到一半卓然忽然说头疼头晕。柳叔刚开始没有注意，接着卓然就忽然昏倒了，马上送到了医院。

查CT，医生看检查结果，态度严肃地告诉柳叔，说卓然的脑出血马上紧急住院，原因还得再查。住院，卓然一直昏迷着。

接着就是各种检查各种治疗，医生告诉柳叔说做好最坏的准备。

柳叔完全没有反应，怎么刚才还好好一起吃饭，接着就在病床上昏迷不醒了。只会说好好好，一切听你们医生的。在医院的时候一堆机械对着卓然各种"修理"，人不过就是一具躯体。

柳叔叔看着病床上昏迷的卓然，什么也做不了，他宁愿躺在那里的是自己，而不是儿子卓然。回忆起这些来就像做梦一样。先前总是在电视或者广播里听到某人忽然就去世了，年纪轻轻，叹一口气之外只能认倒霉，可现在看着昏迷不醒的儿子怎么也想不通的。就当他睡着吧，可医生每次来检查的时候提醒他，卓然的情况越来也不好。

医生说这种情况很罕见，百万分之一，一般因为遗传。柳叔想起来卓然的妈妈很久之前提过，她的妈妈，也就是卓然的外婆，就是很年轻时候忽然就死了，一直没有搞清原因。

"可卓然那么年轻，前途一片光明，为什么这种事就发生在他的身上 。"兆阳去医院，最难对就是柳叔叔麻木的表情。核桃陪兆阳一起去看过一次卓然，那时候卓然昏迷了。核桃只能安慰柳叔，可是也不知道说点什么。

那天看完卓然走出医院的路上，司机停好车，他俩默契地走了一段路。谁也没说什么。核桃偶尔转过头看着兆阳高高的鼻梁，一双眼睛也特别温柔，她也不知和兆阳说什么好，核桃只是紧紧握着兆阳的手，生怕眼前的一切马上就消失了。

没过几天，卓然就被宣布脑死亡了，很突然。

柳叔叔告诉大家一个重要的决定，决定把卓然的遗体捐献出去，能捐献都捐献了，一个肝、两个肾和一对眼角膜当天便救活了两个生命。他觉得这样能让卓然在这个世界上以另一种方式存在，能帮助一个人就帮助一个人。柳叔叔告诉兆阳，他特别想卓然，总觉得他还活着。

兆阳过去帮柳叔叔收拾遗物的时候，医院的柜子边上放着一本书《西藏生死书》，红色的封面格外醒目，厚厚的一本，这本书是别人送给柳叔叔的。兆阳问柳叔叔能不能把这本书送给他。也算留一个念想。书里常常有医院特有的那股酒精和消毒液的味道。每次翻看这本书,兆阳就想起躺在病床上一动不会动的卓然,眼泪渐渐模糊视线……

病房里有一扇很大玻璃窗,阳光照进病房,对面是一个废弃的工厂。兆阳想,躺在这样的病房里,会不会也是心满意足的?他理解了柳叔叔为什么能做出这样的决定,生死无常,来了就坦然接受,这才是生命最有价值的形式。

兆阳有一天晚上梦见了卓然,他们在柳叔叔的咖啡馆里头聊天。卓然笑着说一直想去骑行青海湖,可现在没有机会了。兆阳说这有什么难的,又一想卓然已经死了,也不知道如何安慰。

"本来挺容易的事儿,咱们找一个月时间就去了。"兆阳心里也变得难过起来,"现在说这些一点也没有用了。"

"你能帮我一个忙吗?"卓然还是笑眯眯的。

"行啊,可是这好像都不是真的。"兆阳想努力摆脱这个奇怪的梦境,可是却又很想听卓然说话。

"我希望你记得,我在这个世界待过。"说完,卓然就不再说话。

兆阳醒了过来,揉了揉自己的头,更感觉伤心落寞。

兆阳想,如果他要是出生在另外一个普通家庭会是什么样子?或许更容易做自己想做的事情?自己什么都不是,就是一个普通的打工仔也不错吧。

"被告知小孩要知书达理,尊重长辈,要表现得很听话。

让人从小就勤奋认真，一定会有回报。这不是骗人吗？只是学校的老师，还有你的父母觉得你这样比较省心罢了。"兆阳对着核桃说完了，两人就陷入了久久的沉默。

兆阳告诉核桃："我特别害怕，害怕自己有一天也像卓然一样忽然就死了。都没有活过，不过是替别人活着，我不知道想要什么样子的生活，只是觉得现在这样生活容易一点。"

"生活可以在这里，也可以生活在别处。在这里能遇见这些人，在哪里能遇见另外一些人，一切都是偶然，遇见就好好珍惜。"核桃绕开了兆阳的话题，她想象兆阳一个人度过了多少个暗自神伤的夜晚。

"那么年轻。"兆阳自言自语，"他一定有很多想做的事情没有做。本来我可以帮他，现在机会没有了"。兆阳回过神来，已经泣不成声。兆阳觉得很丢脸。心里这么想，怎么也抑制不住。

核桃一言不发，摸着兆阳的头，他表面上看起来那么让人羡慕，这么多年一直承担了那么多的误解和偏见，心里却比谁都寂寞和孤单。

可是谁又不是呢？任何人啊，都值得抱一抱。

3. 为了帮张浩

张浩和核桃正式交往了。

张浩的某个朋友从外地回来，一群朋友聚会，这位带着他的女友，非常漂亮，身材高挑，喝了点酒，一被起哄就说起了自己和女友认识的故事。朋友刚工作了几年，不过还是个"穷屌丝"，玩起来了"交友"软件。第一次约会就是现在这个女朋友，说她刚刚失恋了，想找人安慰一下。

这位朋友就义无反顾地去见了面，第一面就被迷倒了。一起吃完饭两人心照不宣地往宾馆里走。

干柴烈火，兴奋异常，拥抱接吻，正当要进入正题的时候，这女孩子忽然哭了起来："我们就保持这种关系好不好，需要的时候相互慰藉，不要有什么爱情？"

女孩子一哭，这位朋友心里咯噔一下，已经发动的那家伙也跟着软了下来，怎么都没了反应。又不好直说，只能安慰着女孩子说，没事的，会没事的。把哭哭啼啼的女孩子拉出了宾馆，就此分手。原以为这次失败的交友经历就此结束，没想到女孩子过了几天之后主动约见。他们又吃饭看电影,像情侣一样开始约会。

后来问女孩子说能那样不乘人之危的人,必定靠得住的。所以她决定要认真交往。

这位兄弟过了很久才敢承认当时是没了反应,才把女孩子送上了回家的出租车。

一群朋友们耻笑狗屎运,感情的这东西有时候真的是运气,选择太多不见得就是好事,是不是优秀没有关系。市面上的电影和电视,总是励志,说要遇见好的人,自己先得好,现实并不是那么公平。

在一旁的核桃听得哈哈大笑。

"男人因为性而爱,女人是因为爱而性。"核桃问张浩,男人为什么可以把性和爱分开,张浩笑着回答不上来。"可能是生理结构不一样,男人一次释放出上亿的精子,而女人一次只能释放出一个卵子。所以态度上自然要谨慎和小心很多。"张浩开始夸夸其谈。"男性有一种征服的本能,在追求女性的过程中,不断展示自己的高价值。不过我看现在这个趋势是越来越弱了,女性反而表现出了很大的主动性。"

核桃喜欢听张浩发表各种观点,在她看来这是张浩魅力,总是给她一些全新的视角和体验,都说女人是一本书,男人何尝不是。

核桃说起了柳叔和卓然的事,张浩听了忽然很激动。"儿子暴病,他把儿子的遗体都捐献了?"

"对啊,怎么了?"张浩的反应让核桃很是意外,对眼前的张浩的反应有点意外。

"我想给他安排一档节目，你介绍我认识认识吧。"张浩职业的敏感，说不上是敬业还是无情。

"说什么呢，人家正难过呢，你还去揭人家伤疤。"核桃不是不愿意帮张浩，只是觉得不太合乎人情。

"我就是喜欢你这点，总是能站在别人角度。不过我想这么正能量的事情，应该给更多的人了解。"张浩说得头头是道。

"我不知道柳叔叔能不能愿意接受采访。我可以帮你问问。"

"我们一起去见他一面也可以。不会影响他的生活，也不让他难受，我觉得他如果愿意把心里的事说出来也好受一些。"张浩试图说服核桃。

核桃有点为难，自己和柳叔叔虽然见过几面，毕竟是兆阳的朋友，说起来兆阳还是张浩的情敌。

核桃把这个想法告诉了兆阳，兆阳说既然是你朋友，我就和柳叔叔说说，没什么的。核桃反而更不安了。不过为了帮助张浩，核桃愿意"牺牲"。

4. 利用

柳叔叔痛快答应了核桃。

见到核桃,柳叔特别热情。核桃介绍了一同去的张浩,没有说来意。张浩职业地介绍了自己,然后开始采访式地追问。"柳叔叔。"张浩跟着核桃亲热地问,"我想知道你当时怎么在那么痛苦中,就做了这么一个决定。"

"卓然被宣布脑死亡,那天对我和卓然,都是一个解脱。晚上开着车回家,独自一个人坐在沙发上,从老婆当年跟人跑了之后就没有哭过了,想起来怎么人生这么多悲惨的事情都让自己撞上了。我想起以前妈妈不在的时候卓然老是哭,我就对卓然说:'人一辈子都要靠自己,哭有个卵用。'

"如今剩下一个人,再也忍不住了。在沙发里哇哇地哭了出来,哭完反倒好受了很多,或许是大哭也消耗了体力,原本一直没有食欲的,食不知味。反而感觉到饿。独自下厨给自己做了一碗面,吃面的时候想,"还有很多事得做,生活必须有规律,得去打理自己的咖啡馆的生意,还得去医院里处理。还有阿姨那边也一直在担心我。"

"我一直在想还能做一点什么，让卓然的生命有意义。卓然所在的医院有一个捐助的计划，我忽然明白了，这或许是一个最好的方式。"

说这一切的时候柳叔叔平静而理智，像是在说别人的事情。

"柳叔，我想做一期节目。让你在电视上谈谈。"张浩有点感动，赶紧说。

"这事我们聊聊行了，还上什么电视，就这样让它过去吧。"柳叔叔完全没有兴趣。

柳叔叔的话还没说完，张浩就一直在说他这个节目的影响力和知名度，以及给柳叔叔带来的好处。柳叔勉强在听，他整了整衣服洁，头发有点凌乱，脸上浮现出一点难以察觉的疲惫。核桃有点尴尬，于是就说："柳叔叔，对不起打扰你了。张浩，柳叔不想去参加这个节目我看就别打扰了，我一会儿还有别的事儿，我们早点走吧。"

张浩还不死心，核桃已然做出了要走的准备。

回去之后，核桃是有点不高兴，也没说什么，以为事情就这么过去了。让她没有想到的是，张浩却马上召集人手，开始制作这期节目。柳叔叔这个事情与台里要求主旋律提倡的"正能量"不谋而合。张浩没有征得柳叔的同意，带着节目组跑来拍了几个镜头，以核桃朋友的名义再次采访了柳叔叔。

这个节目先在新闻频道一个专题的形式放了一遍，接着各地主旋律媒体都开始跟进。

柳叔叔一下成了风头上的典型人物，张浩洋洋得意，柳叔却不再接听任何电话。柳叔叔看了自己的节目之后很生气，节目特意剪辑了自己动情时候的镜头，完全成了个被消费的对象。张浩却因为这个节目而得了台里的一个先进工作奖。

核桃看到节目生气地给张浩打过一个电话，柳叔都不接受采访了，后来是怎么回事儿？

"我这也不是希望让柳叔叔的事让更多人知道，这是我工作啊。"张浩解释着说。

"你的工作就是建立在别人的痛苦上嘛？你不觉得有点无耻吗？"核桃生气了。

张浩不再回答，核桃也无可奈何挂了电话，她感觉自己被利用了。

核桃去自己找柳叔道歉，"对不起，都怪我。" 张浩的节目的事情打破了他原本安静的生活。

柳叔一副超然物外的神情笑着说："没有什么，核桃我知道你是什么样的人。必须经历一些事情，才能看清楚一个人。本来也是正常的事情，你和张浩不是一类人。你第一次来我就想说一些话给你听，越想抓住的东西，你就越无法真正了解它。"

柳叔叔说："别在意，过些时间我要和阿姨出去环游中国一圈，阿姨也终于愿意陪我了，大概一年时间，一年之后再回来。"柳叔叔开始讲述自己的旅行计划，核桃心里更难受。

柳叔告诉核桃说，兆阳可能因为卓然的事情一直挺低落的，要是方便的话多关心他一下。她想告诉柳叔，她拒绝了兆阳表白，也想问问兆阳怎么样了，但想到好像自己原本和兆阳这么亲近，如今却要通过柳叔来了解情况实在不该。她只简单说："好，我去看看他。"从沙发上起身告别。

张浩采访柳叔的事情，兆阳也是通过电视台知道的。张浩不相信核桃会干出这种事来，打电话过来质问。

"我知道不是你干的，是你朋友对不对？"

核桃没脸说话。

"柳叔叔还告诉我，这事不要怪核桃。可你脑子是不是进水了？你现在是破坏了柳叔叔的生活你知道吗？"兆阳在电话那头生气地喊着，仿佛又要哭。

核桃在电话另一边哭了："卓然死了，我也很难过。对不起，对不起，是我蠢。"

5. 越爱越失望

张浩采访的事让核桃失望，另外一桩风流债，弄得尴尬。连张浩自己也郁闷极了，后悔当初不应该招惹袁弘。张浩是在酒吧遇见的袁弘。她是小有名气的专栏作家，在杂志或者网络上发表一些文艺的散文或者写一些女性方面的文章，袁弘对张浩的好感表达得准确又不失暧昧。越聊越投机。一来二去，两人就偶尔见面。

张浩挺热情，想运用以前的关系就为袁弘开了一个文字专栏，两人一拍即合。袁弘也对张浩印象很好，觉得张浩长得帅，有才华而且幽默。私底下也把自己认识的名人朋友介绍给张浩。

这给张浩的工作带来了很多便利。

袁弘说她写完了第一部小说，自己很看好，并且有出版社已经表示愿意出版，说自己没有时间去打理。张浩刚好认识一些编辑朋友，正好可以帮忙推荐给他们。

袁弘大方说：既然这样不如你帮我把书出了吧。

张浩热情答应。可是接下来的事情变得有点不如人意。张浩找到编辑朋友，编辑客套地看看，结果一去没有回音，张浩也就不好再追问。后来找到一个文化公司的总算同意出版了，书却迟迟未出。

袁弘也没有着急，她一直信任张浩，事情就一直拖着。

因为版面问题，袁弘的专栏也停掉了。

袁弘长得不算漂亮，性格大大咧咧。她天天找张浩吃饭。在所有的感情经历都是倒追，也就练就了一颗钢化玻璃心，钢化玻璃心就是很硬，一般伤不到，抗击打能力较大，却一碎片成渣。当张浩明白告诉袁弘，他俩没戏的时候，她拉着朋友一起喝酒，喝到一半痛哭流涕，说为什么，她对男人都是一片真心，为什么会这样？

闺蜜只能劝："稍稍有姿色和才华的男人其实也是稀缺资源，他们也知道选择更好的女孩子。"闺蜜看着她这么痛苦，正义感上身，拦都拦不住，非得报复这件事。开始在微博上谩骂张浩，把张浩和袁弘的事，写成了文章，发在网络上，并没有直接指名点姓，内行人一看就知道说的是张浩。例举张浩见利忘义，夸张了一点说张浩骗人书稿一直不出版的问题。

张浩很生气，以为是袁弘整她。

不管袁弘怎么解释，事情却带了的影响，八卦的消息总是传播得更快和更广。这件事让张浩打上渣男的标签。

核桃也从默默那里听说的张浩的八卦，她上网看了看那篇帖子。核桃想，自己是否没有真正认识张浩。一个人永远无法了解另一个人，自己都无法连了解自己。对张浩开始失望的那几天,一醒来想想这一天干点什么,人活着都很累吧,每个人都一样。

核桃那么让人羡慕,外表光鲜,内心却脆弱。好的家世,不错的工作,一群好朋友,还有不少追求者。每天醒来的时候,都会感觉孤独。

6. 当一个人离开你

假如不是因为撞见张浩又和别的女人在一起，核桃或许还不会彻底死心。因为兆阳和默默也在场，情况就变得更加复杂起来。

就是有这么巧，默默找核桃和兆阳，商量一下纪录片播出时间的问题。结果就在同一个饭店遇见了张浩。

兆阳从核桃的眼神中猜到了事情的原委。

兆阳准备问核桃，默默劝住了兆阳。核桃是自己走过去的，他们两对人对峙在一起。

"好嘛，有好戏看了。"在后面的默默轻声说，也跟着过来了。

"这么巧？"核桃过去打了一个招呼。

兆阳看着默默走过去了，也跟着过去，他怕核桃吃亏。

"嗯，是啊，随便吃个饭。"张浩强作镇定，看见了核桃和刚走过来的兆阳，轻蔑地笑了一下。

"我也和朋友过来吃个饭。"核桃解释了一下，很平静，说完就走开了。

他们没有当面冲突,核桃想得是赶紧躲开,仿佛自己才是那个理亏的人。兆阳倒是从核桃的反应中知道了核桃和张浩微妙的关系。

直到出了饭店,兆阳骂了一句:"妈的,你要说句话,我就上去揍他。"

兆阳想回过头去找张浩,问清楚或者为核桃打一架。又怕核桃骂他多事。

核桃说:"别傻了,相互留点面子算了。"

兆阳比核桃生气:"那你当作什么都没有发生,你没看到他都拉着那个女人的手。"

"又能怎么样?"

"又能怎么样?!"兆阳有一股怒火没有发泄出来似的。

核桃笑着开起了玩笑说:"他没有对我承诺过什么。这样也好。"

核桃无法忘记和张浩同吃一碗面,两人抬头相视而笑。记忆中的味道以后再也没有出现,当他再一次去寻味,再也无法回去。感情是会变的,人也是会变的,再好的感情也是。

核桃其实没有那么生气,反而有种解放的感觉。她认识到了自己其实没有那么喜欢张浩。这样或者是最简单的解决方法,不用再去伤害对方。感情就在这个时刻轻松结束。核桃心里做了一个决定,张浩并不合适自己。

"那些美好时刻永远无法再现,味道也一样,人也一样。"核桃告诉默默。

"你和张浩再怎么努力也无法回到过去。在一起的恋人都会改变，何况你们分开了这么多年。你的努力也算给原来的感情画上一个句号。"默默这么劝核桃。

"这样也好。"核桃长舒了一口气，这句话是说给自己的。

核桃知道张浩不止一个女人，她原来想张浩可能会为自己慢慢改变，只是没想到，曾经的美好回忆只是回忆，好了，这次见面是来告诉她不要再心存幻想。这样一来需要明白：张浩这个男人根本就没法持续一段关系的。

张浩不再是那个风花雪月，心中无所求的大哥哥，如今他的眼里只有"争夺"。他要争夺在社会上资源和地位，为他所用，至于感情不过是一种调剂，或者说是为了服务于他的另一种资源。

那个和张浩在一起的女子，默默认识，她是他们台里某领导的一个女儿，刚调到电视台来当实习主持人，张浩正在追求她。在他眼里，女人不简单是一个女人，还是带有"功名利禄"的一个通道。

默默说，他这样的人，为了自己的利益，什么事情都做得出来。

7. 一直陪着你

兆阳一直陪着核桃，对他来说这是最好的接近核桃的机会。他知道核桃再怎么坚强，这个时候也需要好朋友在身边。

"我想跟你坦白一件事，我后来又和彦歌上床了。"

"啊？前女友吗？"核桃很惊讶。

"对，在你告诉我，你和张浩在一起之后。"

核桃不再说话，说不上来是失望还是难过。

兆阳说自己和彦歌上床了，他才发现自己一点也不喜欢她了，满脑子想的都是核桃。兆阳希望和核桃在一起，而是真心想照顾她，体贴她。

"我想起你不喜欢我，更喜欢张浩。我心里就像刀割一样疼，每天早上起来就觉得整个人往下坠。"兆阳不再隐藏自己的情绪，"我一直在问自己，如果你和张浩在一起了，我还能对你好，照顾你吗，我这样做又有什么意义？"

"我心里不想这样，喜欢的人和别人在一起是最无法接受的事情。爱一个人就要得到她，就是爱一个人就需要有回报。

核桃没有说话。

兆阳接着说:"我明白了,这根本不是爱一个人,而是爱自己。"

"别说了这些,你是最近太伤心了。"核桃说着眼泪就流了下来,她第一次在兆阳面前流泪。

"生命无常,感情也是无常的,我喜欢的人会变心,我喜欢的人不喜欢我,可是不管多么痛苦不堪,又能怎么样?我喜欢你,但是你不会和你在一起,我就问我自己,我还会不会像现在这样对你好,去成全你,去成就你。我问自己会不会,做不做得到?女人不知道爱是什么,我作为男人也不知道爱是什么,还不如不要在一起。得不到回报,我还会不会付出?这要是做不到,你不喜欢我,我也是活该。"

兆阳继续说:"当一开始这份感情就没有结果,我还敢不敢投入?这么想才明白我的痛苦的根源所在。因为害怕失去,害怕面对失败。面对没有回报的爱情,还敢不敢说自己是真的够爱你?喜欢一个人,爱一个人,就是要付出的,我喜欢你就要付出,把自己最好的都给你。"

"谢谢你!"核桃被感动了。

兆阳对核桃说:"既然要爱,就要做好心理准备,做好面对痛苦和挫折的准备。我不渴望从你这里得到任何东西,我才爱得起你。这就是我要对你说的。"

兆阳心甘情愿地希望能成为成全核桃的人,不管发生什么。在核桃眼里,兆阳和自己伴侣差别太多,没有信心和兆阳相处下去。家境和个人条件相差太多还可以克服,只是这种凑合的感情不是核桃想要的。

"我们需要一点时间。"核桃这天被兆阳的一番话说的不知道如何回应。

8. 张浩还是张浩

　　核桃没想好要不要接受兆阳，但她和张浩没有再联系，核桃不想再理他了。张浩忙着追求新来的领导女儿也没有功夫搭理核桃。不过听默默说，张浩很快就和那个女的黄了。也不知道是谁给那个女的邮箱发了一份邮件，内容就是张浩前段时间的绯闻。

　　默默和核桃转述这个事情，带着一点复仇的快感，核桃一直面无表情，只觉得张浩有点可怜。

　　自己曾经深爱过的人变成陌生人，甚至变成那种令人讨厌的人，多少会有失望；发现一段曾经珍贵多年的美好感情只不过是别人众多风流中的一个插曲，失落也总是难免。想着这些，核桃不由得苦笑起来。

　　张浩回来找核桃了，想要核桃陪他一起去一趟成都。核桃拒绝了，说这个时候纪录片已经基本播完了，正在忙着做后期的剪辑工作。张浩就坚持来她的工作室，结果那天兆阳也在工作室，他们几个人正忙着工作。显然在兆阳的眼里他是不受欢迎的人，他完全没有兴趣去打个招呼，假装在忙着指导剪辑纪录片。

　　张浩只和核桃打了声招呼就走了，过来告个别。

明显感觉到了敌意,心里却有些不快。

张浩自以为核桃能够一起去,甚至最后在车站,他还幻想核桃能够提着行李箱过来找自己。张浩有自恋的理由,英俊的外形和事业有成,对外他宣称自己是单身,其实一直没有断过备胎。这样的人觉得全世界都是应该围着自己转。

核桃自然没有去。张浩一个人上了飞机。心里有股子说不出来的失望。

"请问先生你需要什么饮料?"空姐好听的声音传了过来。

"哦,来一杯咖啡吧。"张浩抬头看一眼空姐。空姐画着淡淡的妆,意识到了张浩正在看着自己。女人的直觉在这种时候如同天生的才能一样,能够迅速分辨出来眼神中是暧昧或赞赏的成分。当然这种直觉也会有所错误。

空姐温柔地对着张浩微笑了一下。张浩马上意识到了收获了空姐的好感,也露出了迷人的微笑。

"你还需要什么吗?"空姐有点不舍地收着了本来停留在张浩身上的目光,继续奔向下一个乘客。张浩的注意力也从核桃身上飞到了九霄云外的这个空姐身上。空姐走远了,张浩的眼光也跟着空姐走远。

第二天张浩忙完工作,晚上就去酒吧坐一会儿。忽然意外看到了空姐和几个朋友也在酒吧的一角坐着。寻找必然寻见。张浩又走了过去:"你好,你还记得我吗?"

空姐意外地笑了:"原来是你,你不会是跟着我吧?"

"我请你喝一杯啊。"张浩今天势在必得。

"好。"没有了工作和环境的束缚,空姐不再是空姐,而是一个等爱的女人。

其实女人心里还是有对爱情美好的想象,比如邂逅以及美好浪漫的爱情,而在张浩眼里,这是一次追逐和逃跑的游戏。只要营造出足够的气氛,女人往往会在自我想象和自我催眠中,就容易对男人产生好感,而作为男人,张浩最享受这种微妙的好感带来的自信。

空姐很健谈,谈起来了旅行中的趣闻,张浩反而很低调,听着偶尔大笑。气氛显得友好而温暖。张浩觉得气氛有点不够暧昧,看着对方兴致不错,决定冒一点险,他悄悄送去耳边说话:这个酒吧有点吵,要不要去我房间坐会儿?"

空姐看了一眼张浩,微笑点头。

他们两人独自逃出了酒吧。

一进酒店房间的门,他们两个人就开始热吻,正火热的时候张浩的电话忽然响了,看了一眼,是核桃打过来的,张浩关了手机到静音,扔到了一边……张浩和空姐两人一起倒在了床上。

一夜情对于张浩来说好像是手到擒来,他觉得太简单。最早就是无意在酒吧里待一会儿,英俊的相貌加上略带忧郁和颓废的气质,有女生过来主动搭讪张浩。张浩慢慢喜欢上了这个游戏,一开口就能让大部分女生听得入神,一副痴迷的样子,加上酒精的作用,很快就和女生睡到了一起。这种魅力似乎是天生的,都不需要什么训练,女孩们见到张浩总是点头或者微笑,然后就由着张浩安排。

这种光鲜刺激的夜生活，却让张浩感觉空虚。会觉得这件事情无所谓，没有神秘感，睡再多善良女人也是徒劳无益，只是疲惫不堪，自我生厌。每当面对诱惑，又同样重复。

女孩子来到这样的环境，也有是为了看看热闹，东游西逛，喝酒消遣。他们在寻找，而张浩有他们寻找的东西。所以很容易达成默契。

张浩还是张浩，不会为了谁而改变，即使核桃也一样。他心里盼望着一段爱情，每次只不过是一次艳遇，他希望能够遇见深爱的女人，却发现无法维持。关于艳遇，每当他早上醒来看到睡着身边妆容和发型凌乱的女人，心生一种轻视和厌恶。

核桃出现在他身边，他也想过或许这样的女人可以陪伴自己，是个不错的交往对象，但是他缺乏安全感，他觉得很多人在追求核桃，他知道有兆阳，还有他不认识的，他和核桃在一起总是在隐忍。比如吃饭，明明可能不喜欢，却又要装出很喜欢的样子，他要装出无所不知的样子，她有点担心核桃总有一天会像前女友一样，觉得自己不是那么好而离开自己。张浩清楚地记得：前女友对自己说，"你怎么会这样"的时候，那个失望透顶的表情，他一辈子都忘不了。

"与其让别人伤害，不如我好好保护自己。"张浩所谓的保护自己，就是在和核桃交往的时候，还有其他的姑娘。

张浩几次受伤，看起来像是他自己熬过去了，心里却留下了极其平静的东西，他告诉自己不再能相信任何人，不再去经历这种逼人背叛和欺骗，把这个主动权掌握在他自己手里，他希望可以去选择,这个选择唯一的标准就是对自己有利。

被对自己百般好的前女友抛弃,再被袁弘伤害,再被朋友背叛,这些经历让张浩有了一种玩世不恭的态度。核桃对这一切全然不知,面对这个伤痕累累的男人,意味着她永远也走不进去他的世界,张浩的心已经完全封闭。

结 尾

纪录片正式播出那一天，核桃都没有反应过来，她觉得不可思议，就这么结束了？当大家纷纷给她电话，提议去庆祝一番，核桃竟然没有太大的反应。

"就这么结束了，好像还有好多工作没有做完似的。"

核桃这一次半年时间都在拍这部片子上，她推掉了很多其他的工作，甚至把自己出版图书的时间也推迟了，跟着拍摄小组，一条一条地拍片子。回来再和默默剪辑老师剪片子。这么投入的工作，换来的是身体垮掉了。拍完片子她接着就大病了一场。

曹大林给核桃打过一个电话，大意是后期宣传就放心交给他吧。

后期活动主要由曹大林来主持，核桃因为生病没出席，曹大林之前的人脉关系也是后期营销起了很多作用。

在当地媒体上陆续看到曹大林作为这个节目的主创身份接受各种采访。纪录片播放时间是半夜时间，并不是黄金时间。但是核桃还是挺高兴的，守在电视机前，忐忑地等着播出，看了好多遍，真正出来的时候还是有很多不足之处。

纪录片在电视台播放了以后，不少人打电话到电视台表扬，画面精美，故事感人。就是播放的时间段太磨人了，半夜饿的时候开始播放美食纪录片，让人看得抓耳挠腮。节目意外好评如潮。收视率一路高升，8集的纪录片让很多人感动了。

纪录片中提到的几个小店，一时间生意火爆，常常有人半夜还赶着过来，生意一度瘫痪。

媒体也跟进了，各种美食报道一时间成了热门的稿件，全城掀起了一场美食运动，仿佛人人都成了吃货。作为纪录片的主创人员核桃却退去了二线，反而曹大林出尽了风头。

有一家颇有影响力的网站找到核桃，对核桃基本没有做什么采访，只是问了一些最近的生活，以及制作费用的问题，回去写了一篇"观点鲜明"材料丰富的文章，直指纪录片内部权力斗争，主创人员备受冷落的标题。

这篇文章故意渲染了核桃当时拿的钱很少，拍摄辛苦，现在还是医院住院，使劲捧核桃而故意把曹大林说成了一个善于钻营又善于抢功的投机人士。这篇文章一出，轩然大波。部分事实加上一些捏造和主观的描述，还配上了核桃一些在医院脸色惨白，又可怜楚楚的形象，而故意找了一些曹大林肥头大耳，笑容猥琐的照片。

整篇文章旨在说明一个问题，那就是暗示内斗的剧情，胡编乱造了一些道听途说的细节。迎合了很多受众对幕后八卦，和阴谋论的爱好。

一时间，剧组内部的矛盾变成了核桃和曹大林的矛盾，"核桃坚持原则，曹大林为了商业利益，事后曹大林完全不顾核桃，自己沽名钓誉。"这样的言论忽然在媒体圈里流行，核桃看到文章之后很是惊讶，打电话过去当时的记者，怎么写出来的东西完全不是自己所说的，记者只说："你就是这么说的啊，这样写为了文章效果。"核桃要求修改的时候，他只是支支吾吾，推搪过去。

核桃不放心还给曹大林打了一个电话，说有个媒体根本没做什么采访，就写了一篇文章。曹大林说媒体都这么干，人怕出名猪怕壮，清者自清。

意识到问题的严重性，是有朋友过来旁敲侧击地问核桃一些八卦。一时间这个新闻一度被人们提起，好在当事人都本着不解释的原则。让核桃心寒的是，不少人的确从心里开始怀疑，核桃背地里也的确在争功。

总有人被误解，有人在解释，只能选择转身沉默不语。生活的无奈是人与人的想法千差万别，只能接受，而无法改变。

热闹都是别人的，孤独才是自己的。

核桃告诉默默她接受了一家电台的工作邀请，去拍摄法国旅游纪录片任务，为期半年。默默说："换个环境也好，以后买LV就方便了。"制作方一直联系了核桃很久，没想到太阳从西边出来，核桃会主动联系她们，说愿意接这个项目。

从L市出发，核桃剪掉了长发，配了一副新的黑框眼镜。当她一个人坐在候车厅。手里拿着车票，觉得自己像一个逃兵。

这天是晴天，安逸而温暖，心里却有些失落，她不喜欢有

结尾

人送,独自悄悄走了。

电话响了,看了一下是兆阳打来的,不想接,因为不知道还能说什么。电话还是在响,最后还是接了,电话那头沉默了一阵子,说了声:"过去照顾好自己,有空给我打个电话。"

核桃"哦"了一声,广播开始让乘客检票了,人不多,忽然有点想哭,心里却骂自己,真是矫情,要是现在扔了机票就回去好了。

眼泪都要掉下来的时候,忽然听见有熟悉的喊:"核桃!核桃!"

一扭头,眼泪真的是种不受控制的东西,看到兆阳微笑着在远处挥手,核桃眼泪就像水管子漏水似的,"吧嗒吧嗒"往下掉。真丢人,核桃觉得自己都三十好几了,弄得像个初恋的小姑娘。她想到回报了他微笑,他也笑了。他没有再过来,只是站在那里看着核桃。

他挥一挥手机示意给发了个微信,她打开是一张大哭的脸,转而回了两个字:幼稚。

接着排队过了安检。

"核桃啊,我会等你回来的!反正我会等你!"兆阳忽然喊了一句。

"以后,谁说得准,谁知道有什么事等着呢……"

2015 年,10 月第一稿
12 月,第二稿